男女の友情は成立する？
いや、しないっ!!
七菜なな
イラスト／Parum
デザイン／伸童舎
Flag 7.
でも、恋人なんだからアタシのことが1番だよね？

contents

男女の友情は成立する？
＼いや、しないっ!!／
七菜なな
イラスト／Parum
Flag 7.
でも、恋人なんだから
アタシのことが
1番だよね？

Prologue

はないちもんめ

「運命共同体《しんゆう》は——わたしがもらうね？」

えのっちの瞳《ひとみ》は、本気だった。

ほんの少しの揺《ゆ》るぎもない、決意の言葉。

アタシは震《ふる》える手で、ぎゅっとスカートを握《にぎ》り締《し》める。

「ど、どういう意味？　運命共同体《しんゆう》も、アタシのものだよ」

えのっちは首を振《ふ》った。

「違《ちが》うよ。ひーちゃんは、ゆーくんの恋人《こいびと》でしょ？　だから運命共同体《しんゆう》……つまり夢のパートナーとしてゆーくんを支える役目じゃない。雲雀《ひばり》さんだって、そう言うと思うけど」

「だ、だから、アタシは今回の文化祭で……」

アタシの言葉が、つい途中《とちゅう》で引っ込んでしまう。

まっすぐ見つめるえのっちの瞳《ひとみ》に、完全に気圧《けお》されていた。

「できなかったんでしょ？」

「…………」

アタシは何も言わなかった。

でも、それは無言の肯定《こうてい》。

今のえのっちには、一切《いっさい》の誤魔化《ごまか》しが効かないことを悟《さと》った。

（……本当は、わかってる）

アタシは失敗した。

自分のプロデュース力を示すことだけ考えて、悠宇《ゆう》の気持ちを無視していた。

それが、今日の結果だ。

アクセ販売《はんばい》の黒字化は達成できても、〝you〟にとって一番大事なものを取《と》り損《そこ》なった。悠《ゆ》宇《う》の経験値を上げることが、優先すべき目標だったのに。

動揺《どうよう》するアタシの隙《すき》を突《つ》くように、えのっちが言った。

「だから、運命共同体《しんゆう》はわたしが代わってあげる。わたしのほうが、ちゃんとゆーくんのサポートができるから」

「……っ」

アタシはとっさに、言い返そうとした。

でも堪《た》えた。

「…………」

ふうっと息をつく。

そして……。

あっかんべーした。

えのっちがフリーズする。

「……は？」

どうやらこの返しは予想してなかったらしい。

アタシは高笑いを上げる。

「ぷっはっはーっ。いいよ。欲しいならあげる。てか、勝手に持ってけばいいじゃん。アタシに許可取る必要ないし？」

えのっちが困惑《こんわく》していた。

その顔を見れただけで大満足。

アタシはビシッと指をさして、えのっちに断言した。

「でも、えのっちが運命共同体《しんゆう》になるってのは無理じゃない？」

「なんで？」

えのっちがムッとして言い返してくる。

アタシはしたり顔で言ってやった。

「ほんとは悠宇《ゆう》のこと、まだ好きなんでしょ？」

「…………」

えのっちの表情は……少なくとも、動揺《どうよう》してるようには見えなかった。

「……そんなことないよ」

そう言って、ぷいとそっぽを向く。

……まあ、いいや。

そんなことよりも、アタシは人差し指を立てた。

「そんなに悠宇《ゆう》の力になりたければ、アタシから試練を与《あた》えよう」

「試練？」

アタシはにやっと笑った。

「えのっちが運命共同体《しんゆう》を名乗るなら、明日の文化祭でその能力を示すこと。アタシは手を出さないから、好きにやってみなよ」

「……判定基準は？」

「悠宇《ゆう》に決めてもらう。アタシの販売会《はんばい》と、えのっちの販売会《はんばい》。これから〝you〟として活動していくうえで、どっちと歩んでいきたいか。悠宇《ゆう》のアクセのパートナーを決める試練なんだから、当然だよね？」

「………………」

えのっちが疑わしそうな目で言う。

「ひーちゃん。何か変なこと企《たくら》んでない？」

アタシは『魔性《ましょう》の女』モードになって、にこーっと微笑《ほほえ》んだ。

「やだなー、何も企《たくら》んでないよ。悠宇《ゆう》にもかかわることだし、しっかり白黒つけたいだけだって♪」

「………………」

えのっちは小さなため息をついた。

「じゃあ、それでいいよ」

……行ってしまった。

取り残されたアタシは、その場にたたずむ。

周囲に人気がないのを確認《かくにん》すると、くつくつと肩《かた》をゆすった。そして腰《こし》に両手を当てて、すごくお行儀《ぎょうぎ》の悪い高笑いを上げる。

「ぷっはーっ。やっぱりアタシは神に愛されてる！　今、証明された！」

勝った。

アタシは一人でほくそ笑《え》む。まさかこんな形で挽回《ばんかい》のチャンスがやってくるとは思わなかったなー。

何か企《たくら》んでるって？

そりゃ企《たくら》んでるに決まってますよ。アタシは生まれながらの悪女！　他人を操《あやつ》ることにかけては天下一品。ピュアピュアガールのえのっちに、この土俵で負けるはずがない。

もともと明日の文化祭は、悠宇《ゆう》が経験値を積むために販売会《はんばい》を続行するのは決まってた。存分に遊べないのは痛手だけど、それ以上の利用価値が生まれた。

確かに、えのっちの販売《はんばい》スキルは高い。あの子、ずっとお家《うち》の洋菓子《ようがし》店のお手伝いしてるし。

アタシよりも悠宇《ゆう》好みの販売《はんばい》会をセッティングできるかもしれない。

（……でも、そう簡単にいくかな？）

確かに運命共同体《しんゆう》として、えのっちのほうが優秀《ゆうしゅう》かもね。

でも、人間は理屈《りくつ》だけで生きていけるものじゃない。

えのっちは、そのことをわかってないよ。

この勝負……勝っても負けても、アタシに転ぶ運命なのだ。

「ぷフ、ぷフフフフ……」

悠宇《ゆう》はアクセに夢中になると、それだけしか見えなくなっちゃうかもね。でも、そんな悠宇《ゆう》でも恋《こい》に心を乱されちゃうことは、この夏の一件で実証済み。

たとえ、えのっちが運命共同体《しんゆう》を獲《と》ろうと本気になったところで、最後にはアタシのところに戻《もど》ってくる定めなの。残念だったね。

今だけは、つかの間の平穏《へいおん》を楽しむがいい。

「でも、恋人《こいびと》なんだからアタシのことが一番だよね？」

アタシは〝you〟にとって、なくてはならない存在なんだから。

こんなところで、ヒロイン交代なんかしてあげないもんね！

I
〝抵抗〟

文化祭、二日め。

その早朝……俺は未曽有《みぞう》の危機に陥《おちい》っていた。

目を覚ましたら、なぜか榎本《えのもと》さんが部屋にいるのだ。

そしてなぜか、寝《ね》ている俺の耳元で優《やさ》しく囁《ささや》いている。

「ゆーくん。お・は・よ」

「…………」

え、どういう状況《じょうきょう》？

あまりに意味不明すぎて、つい狸寝入《たぬきねい》りを決め込んでしまった。

状況《じょうきょう》を整理しよう。

俺は昨日、文化祭の一日めを終えた。

そして二日めに向けて、新しい販売《はんばい》プランを組んで準備した。

日葵《ひまり》には申し訳なかったけど、俺は俺の考えていたプランを試《ため》したかった。

昨日の夜、その準備を終えて家で寝《ね》たんだけど……。

……朝、目を覚ましたら榎本《えのもと》さんがいて、俺に優《やさ》しくおはようを囁《ささや》いている状態だ。


いや、マジで意味わからん。

状況《じょうきょう》を整理したら、さらなる混沌《こんとん》が俺を襲《おそ》った。

榎本《えのもと》さん、昨日、普通《ふつう》に帰ったよな？　これは断じて誓《ちか》うけど、俺の家にお泊《と》まりみたいなイベントはなかった。

もしかして、まだ夢でも見てんのかな。

いや、自分の部屋で同級生が起こしてくれる夢って何なの？　どういう深層心理が働いたらそうなるの？　占《うらな》いの雑誌でも、さすがに事例として取り上げてないだろ。

てか、この状況《じょうきょう》をどうするか……。

寝《ね》たふりしてしまった分、なんとなく起きづらい。俺は悪くないはずなのに、罪悪感がすごいんだけど。

俺が躊躇《ためら》っている間に、榎本《えのもと》さんが頰《ほお》をツンツンしてくる。

「寝顔《ねがお》、可愛《かわい》い……」

やめろーっ！

自分が寝《ね》ている間にそんなこと言われてるとか、恥《は》ずかしくてしょうがない。てか、マジで起きづらくなっちゃったんだけど……。

よ、よし。これ以上、榎本《えのもと》さんの黒歴史が増える前に、さりげない風を装《よそお》って起きる。

やってやる。俺は起きるぞ、せーの！

「ゆーくん。寝《ね》たふりやめないと、おはようのキスしちゃうぞ」

「わあーっ⁉」

とんでもないことを甘く囁《ささや》かれて、とっさに跳《と》び起《お》きる。

ガバッと顔を上げた瞬間《しゅんかん》、榎本《えのもと》さんがどや顔で言った。

「ゆーくん、おはよ」

「お、おはようございます……」

完全に弄《もてあそ》ばれて、俺はふうっと息をつく。

「……日葵《ひまり》みたいなことすんのやめて」

「だって、ゆーくんが喜ぶと思って」

「これは重大な誤解がありますねえ……」

速やかに解かなきゃ……もはや無駄《むだ》な気がするけど。

「てか、なんでいんの？」

「えへっ」

「可愛《かわい》く笑っても誤魔化《ごまか》されないからね？　ここ、俺の家だよね？」

「だって、咲良《さくら》さんが入れてくれたから」

「納得できてしまうのが嫌《いや》だ……。てか朝、早すぎない？　どうしたの？」

「わたし、このくらいには起きてるし」

「洋菓子店《ようがしてん》での習慣がえらい……っ！」

ハッ！

いかん、流されかける な俺！

「じゃなくて、なんで俺の部屋にいんの!?」

「昨日、寝坊《ねぼう》できないからってモーニングコールの約束したじゃん」

確かにしたけど。

「いや、電話……」

「こっちのほうが確実だし」

榎本《えのもと》さんはしたり顔で、ポケットから伊達《だて》眼鏡を取り出した。それを装着して、ふふんと得意げに鼻を鳴らす。

「ゆーくんにお伝えすることがあります」

「え、何？」

「わたし、〝you〟に復帰することにしたから」

「え……」

榎本《えのもと》さんは、アクセ販売《はんばい》から抜《ぬ》けたはずだ。

今回の文化祭は、真木島《まきしま》の変な命令で手伝ってくれるだけ……のはずなんだけど。

「これからはわたしが、ゆーくんのマネージャー兼運命共同体《けんしんゆう》なので」

「な、なんでそういう結論に……？　日葵《ひまり》は……？」

「それは文化祭の後にちゃんと説明するから。とにかく今日はアクセ販売《はんばい》に集中しよう」

「あ、はい……」

有無《うむ》を言わせぬ圧に、つい生返事になってしまう。

伊達《だて》眼鏡をくいくいってしながら、榎本《えのもと》さんがどや顔を決める。

「わたしはひーちゃんみたいに甘くないからね。ビシビシいくよ」

「お、お手柔《やわ》らかにお願いします……？」

「はい。まずは朝の着替《きが》え、こっちに準備してる。あとリビングに朝食もできてるから、顔洗ってきてね」

「ビシビシとは……」

全自動かな？

むしろ普段《ふだん》より快適なんだけど……とか思ってると、榎本《えのもと》さんがベッドをぺしぺし叩《たた》いて急《せ》かす。可愛《かわい》い。

「ゆーくん、はよ」

「わかったよ。着替《きが》え、ありがとね」

よいしょ、と寝巻《ねまき》にしてるシャツを脱《ぬ》いだ。

そして用意してもらった着替《きが》えに……あれ？

なんか榎本《えのもと》さんが、顔を真っ赤にしていた。

あ……と、自分の失敗に気づく。

日葵《ひまり》みたいな起こされ方して油断してたけど、ここにいるのは榎本《えのもと》さんだ。てか、すごい見られてるんだけど。両手で顔を覆《おお》っているのに、指の間から覗《のぞ》いてるし。

めっちゃ恥《は》ずかしいな！

「榎本《えのもと》さん！　着替《きが》えるので、できれば出て行ってほしいのですが！」

つい敬語になってしまう俺。

榎本《えのもと》さんがハッとすると、ばたばたと部屋を出て行く。

「ご、ご飯、温め直してくる！」

階段を駆《か》け下《お》りる音を聞きながら……あ、コケた。だ、大丈夫《だいじょうぶ》かな……？

とりあえず急いで着替《きが》えを済ませ、ふうっと息をつく。スマホでラインのチャットグループを確認《かくにん》した。

新着メッセージはなし。

（昨日から、日葵《ひまり》から返事ないし……）

……昨日の文化祭一日め。

日葵《ひまり》がプロデュースしたアクセ販売会《はんばいかい》は、大成功に終わった。

でも俺は、自分が満足できないからって、つい水を差すようなことを言ってしまった。昨日は文化祭のテンションのまま、二日めの準備を終わらせたけど……冷静になると、これはカレシ失格だよな。

（日葵《ひまり》、怒《おこ》ってるかな……）

……いや、今は目の前の販売会《はんばいかい》に集中しよう。せっかく日葵《ひまり》が譲《ゆず》ってくれたんだし、今日の文化祭二日めも絶対に成功させなきゃいけない。

日葵《ひまり》との時間は、文化祭が終わってしっかり埋《う》め合《あ》わせする！

♣♣♣

ご飯、味噌汁《みそしる》。ベーコンの目玉焼きに、カップサラダ。

まるでお手本のような朝食だ。おそらく日本の朝食と聞いて、全人口の半分くらいはこれを思《おも》い浮《う》かべるんじゃないだろうか。俺の勝手な憶測《おくそく》だけど。

向かい側で、榎本《えのもと》さんが同じ献立《こんだて》の前で手を合わせる。

「いただきます」

「あれ？　もしかして朝ご飯、待っててくれたの？」

「ううん？　家で食べてきたよ？」

「え？」

「え？」

なんか辻褄《つじつま》が合わなかったような気がするけど……まあ、気のせいだろ。

俺も早く食べて、学校に行かなきゃ。

玄関《げんかん》のドアが開く音がした。もしかして夜勤明けの咲姉《さくねえ》さんかな？　いや、それとは明らかに違《ちが》う快活な足音が近づいてくる。

「ゆっう～っ！　お寝坊《ねぼう》しちゃいけないから、可愛《かわい》いカノジョが迎《むか》えに……え？」

日葵《ひまり》だった。

しかし元気よくリビングに顔を出した日葵《ひまり》は、一瞬《いっしゅん》で顔を強張らせる。そして、なぜか喀血《かっけつ》した。

「ぐはあ————っ！」

「日葵《ひまり》さん⁉」

一人で勝手に瀕死《ひんし》になっている日葵《ひまり》を、俺は抱《だ》きかかえた。

「日葵《ひまり》！　どうした！」

「ゆ、悠宇《ゆう》……」

日葵《ひまり》はテーブルの上にあったケチャップで床《ゆか》に「はんにんはおっぱい」とダイイングメッセージを……ってこら、食べ物で遊ぶなし。あとちゃんと掃除《そうじ》しろ。

日葵《ひまり》は完璧《かんぺき》な食卓《しょくたく》にインすると、ぷりぷりと訴《うった》える。

「もう、悠宇《ゆう》！　なんでえのっちとラブラブ新婚《しんこん》ごっこしてるし！」

「ラブラブ新婚《しんこん》ごっこ……」

「えのっちも！　それじゃ親友と違《ちが》うじゃん！」

榎本《えのもと》さんは平然とした顔で、味噌汁《みそしる》をよそった。

「ひーちゃん、朝ご飯どうする？」

「あ、うん。食べるー♪」

一瞬《いっしゅん》、絆《ほだ》されかけた日葵《ひまり》が吼《ほ》えた。

「そうじゃなーいっ！」

「もう、ひーちゃん。ご飯のときくらい静かにしてよ……」

なんか朝からテンション高ぇなー……。

昨日は俺のわがままで傷つけちゃったかと思ってたけど、意外と平気な顔してて拍子《ひょうし》抜《ぬ》けしてしまった。

日葵《ひまり》は不満そうにベーコンエッグをもりもり口に押し込んでいく。『ハウルの動く城』のカルシファーみたいだ……。

「悠宇《ゆう》！　鼻の下、伸《の》ばしすぎ！」

「いや伸《の》ばしてないから……」

すると榎本《えのもと》さんが、ご飯のおかわりをよそいながらフッとほくそ笑《え》む。

「朝、起こしにきてご飯食べてるだけじゃん。ひーちゃん、昨日、あんなこと言ってたのに余《よ》裕《ゆう》ないね？」

「……っ!?」

何のことだ？

俺の知らないところで何かあったのか……と首をかしげていると、そのまま無言で朝食が進む。

「…………」

なんだろう。

この表面上は穏《おだ》やかなんだけど、水面下で何か起こってる冷戦みたいな感じ。気まずくてしようがない。

……でもその正体はわからず、俺は味噌汁《みそしる》をすすった。

♣♣♣

朝食をとって、三人で登校する。

なぜか両腕《りょううで》が女子二人にホールドされるラブコメのアレ状態で……。

「えのっち！　それも親友じゃない！」

「ひーちゃんも前にやってたし」

「そうだけど！　そうだけど今はダメ！　アタシっていうカノジョいるじゃん！」

「恋人《こいびと》がいたら、他の女子とは話しちゃいけないの？　触《さわ》っちゃダメなの？　カレシのこと信じられないってことでしょ？　ひーちゃん、それヤンデレっていうんだよ？」

「ぐあーっ！　人の黒歴史を的確に抉《えぐ》ってくるーっ!?」

いや、絶賛、俺の黒歴史も積み上がってるからね？

ああ、周囲の生徒たちの視線が痛い。なまじ二人が可愛《かわい》い分、目立ってしょうがない。

……ここは俺がどうにかするしかない。てか、どうにかしないと笹木《ささき》先生に呼び出されてしまう。

俺はキリッとイケメンスマイル（当社比）を作って、二人に話しかけた。

「二人とも、そんなに取り合わなくても、俺は逃《に》げないぜ（歯をキラーン）」

二人は俺の顔をじっと見つめて……。

「えのっち！　これもルールが必要だと思うんだけどなーっ！」

「ひーちゃん、昨日は勝手に持ってけって言ったじゃん。女の甲斐性《かいしょう》（笑）」

「そういう意味じゃなーい！」

無視とか。

一番、心にくるんですけど。

てか、もはや俺って関係なくね？　二人とも俺をダシにして喧嘩《けんか》ップルしてるだけでは？

ふうっと息をついて、榎本《えのもと》さんに言った。

「榎本《えのもと》さん」

「何？」

「今の俺は日葵《ひまり》と付き合ってるから、やめてほしい」

「……むっ」

榎本《えのもと》さんは顔をしかめて、「ゆーくんがそう言うなら……」と言って離《はな》れてくれる。

よかった。さすがにこれを放置するのは、日葵《ひまり》に悪いからな。

俺が振《ふ》り返《かえ》ると……なぜか日葵《ひまり》はキュンとした感じで頬《ほお》を染めていた。

「アタシのこと一番に考えてくれる悠宇《ゆう》……好き♡」

俺のカノジョがチョロすぎる……。

いや、日葵《ひまり》のこと考えてるのは事実だけどね？　なんで俺に罪悪感生まれてんだよ……とか思わないでもないけど、ひとまず販売《はんばい》会場に向かった。


昨日と同じ空き教室には、すでに城山《しろやま》さんが待ってくれていた。

さすが本気で〝you〟に弟子《でし》志願しているだけあって、行動がきっちりしてるなあ。マジで見習いたいところだ。

まだ俺が〝you〟だって気づいてないのだけが本当に気がかりなんだよな……と悩《なや》んでいると、城山《しろやま》さんが日葵《ひまり》に抱《だ》き着《つ》いた。

「〝you〟様！　おはようございます！」

「芽依《めい》ちゃん、おっはよーっ！」

うーん。やっぱ美少女二人が抱《だ》き合《あ》うのは絵になる。

以前、日葵《ひまり》と榎本《えのもと》さんにユリの花を散らばせたので、こっちはスズランかな。これも『純潔』の花言葉を持っていて、ヨーロッパでは『聖母マリアの花』とも言われているのだ。

……いや、美少女を鑑賞《かんしょう》してる場合ではない。

「城山《しろやま》さん。昨日、ラインで伝えたもの、持ってきてくれた？」

「あ、はい！」

城山《しろやま》さんは大きな返事をして、キャリーバッグから厚手の黒い布を取り出した。かなり大きいものが、合計四枚。

「これでどうですか？」

俺はその厚手の布地を触《さわ》ったり、裏から透《す》かしてみたりしながら……よし、これならイケそうだ。城山《しろやま》さんにお願いしてよかった。

「……うん。いい感じだ。これと、あと笹木《ささき》先生から遮光《しゃこう》カーテンを借りることになってるから……」

と、そこで日葵《ひまり》の視線に気づく。

いかん、またほったらかしでアクセの世界に没入《ぼつにゅう》するところだった……。

「日葵《ひまり》、本当にごめんな。今日は日葵《ひまり》にサービスするって言ったのに……」

今更《いまさら》って感じもするけど、ちゃんと謝っておかなきゃいけないと思う。

しかし日葵《ひまり》。

前髪《まえがみ》をかき上げて、クールに宣言する。

「んー。大丈夫《だいじょうぶ》。アタシ、悠《ゆう》宇の理解あるカノジョだからね♪」

「正妻アピールの圧がすごい……」

すごい嬉《うれ》しいんだけどね。

でもこれ、完全にヒモの流れじゃんってなっちゃって気まずい……。

日葵《ひまり》はルンルンと、城山《しろやま》さんの手を取る。

「じゃ、芽依《めい》ちゃんはアタシと文化祭、楽しもうねー♪」

「はいッス！」

そう言いながら、キャイキャイと販売《はんばい》会場を出て行ってしまった。

それを見送って、俺はふうっと息をつく。

残った榎本《えのもと》さんと、最終確認《かくにん》を行う。

「榎本《えのもと》さん。そっちのほうは準備できてる？」

「大丈夫《だいじょうぶ》。昨日のうちに了解《りょうかい》取ったし、セッティングも簡単だから」

「一応、俺も確認《かくにん》しに行ったほうがいいかな……」

と、なぜか榎本《えのもと》さんが手のひらをビシッと向ける。

そして思いのほか、強い語気で拒否された。

「お願い。やめて」

「でも、俺も挨拶《あいさつ》しておいたほうがよくない？　それに向こうの状況とか気になるし……」

「本当にやめて」

「で、でも……」

「揶揄《からか》われるからやめて」

「……わかりました」

「よし」

なんかすごい気迫《きはく》で押し切られてしまった……。

まあ、今更《いまさら》、榎本《えのもと》さんを心配することもないか。あっちは榎本《えのもと》さんの領分だし、俺が変なことをしたら困らせてしまうかもしれない。

「とにかく今日は、プロデュースを俺と榎本《えのもと》さんの合同で進める。別行動になるけど、そっちはよろしくお願いします」

「うん。ゆーくんは自分の仕事に集中して」

「わかった。ありがとう」

今回のアクセ販売会《はんばいかい》の帳簿《ちょうぼ》と、在庫を保管しておく段ボール箱を用意する。

榎本《えのもと》さんと一緒《いっしょ》に、残りのアクセを確認《かくにん》だ。

「昨日、売れ残った単品アクセが20個」

「持ってかれたのもあるけど……」

「それは文化祭が終わって、ゆっくり計算しよう。……そして月下美人のアソートセットが、残り4セット」

4個で1セットのアソートセットをバラした。

……ズルのような気もするけど、まあ、大事なのは1個500円の事実だから。

「これで、月下美人のアクセが4個。他のアクセが32個だ」

「それなら、こっちに25個もらうね」

「わかった。よろしくね」

月下美人以外のアクセを25個、榎本《えのもと》さんに託《たく》した。

俺はそのアクセたちに最後の別れを告げる。

「ううっ……いい人にもらわれるんだぞ……」

「ゆーくん。まだアクセを買ってもらうとき泣いてるの……？」

「あ、いや。榎本《えのもと》さんのこと信じてないわけじゃないんだけど。どうしても、俺が見てないところで販売するのは緊張《きんちょう》するっていうか……」

情けなさ全開で白状すると、榎本《えのもと》さんが微笑《ほほえ》んだ。

「大丈夫《だいじょうぶ》だよ。ゆーくんが情熱を注いだアクセだもん。ちゃんといい人に買ってもらえるように頑張《がんば》るね」

「うん。ありがと」

……そうだよな。

失礼なことを言ってしまった。榎本《えのもと》さんになら安心して任せられる。

「せっかく榎本《えのもと》さんをモデルにしたアクセだからさ。気に入ってもらって、長く愛してほしいよね」

「…………」

「榎本《えのもと》さん？」

ビシッとチョップを喰《く》らった。

「ぐはあ……っ⁉」

「天然タラシ発言禁止」

「そんなつもりないんだけど⁉」

「わたしがマネジメントする以上、これからは1タラシ1制裁で行くから。日常生活でも油断しないで」

「デスゲームかよ……」

さっきの安心感との落差で風邪《かぜ》ひきそうだ……。

そこで予鈴《よれい》が鳴った。これから昨日と同じようにHRがあって、校外の来賓《らいひん》が入場する。

俺は榎本《えのもと》さんと一緒《いっしょ》に、アクセを抱《かか》えて販売《はんばい》会場を出た。

「よし。頑張《がんば》ろう」

「おーっ！」

こうして、俺たちの文化祭二日めがスタートした。

◇◇◇

文化祭、二日め。

グラウンドの屋台街で、アタシはあるテントの前にいた。

「なんでおまえがいるんだよ……」

屋台では、頭にタオルを巻いた真木島《まきしま》くんが高笑いを上げている。

「ナハハ。ご挨拶《あいさつ》だなァ。兄が兄なら、妹も同類だな」

ついでに網《あみ》の上のフランクフルトを、手際《てぎわ》よくひっくり返す。その隣《となり》では、肉巻きおにぎりもじゅうじゅうと焼けていた。

「同類は真木島《まきしま》くんのほうでしょ。てか、焼きそば屋じゃなかったの？　アタシがフランクフルト食べたいときに視界に入らないでよ」

「二日間も同じ屋台では、売り上げが伸《の》びんのでなァ。メニューに変化をつけて、一日めの客をリピートさせるのだ」

「ほんと変なところ頭が回るよなー……」

うーん、どうしよ……。

こいつのフランクフルトとか絶対に食べたくないけど、芽依《めい》ちゃんの分も約束しちゃったしなー。

アタシがげんなりしていると、真木島《まきしま》くんが片眉《かたまゆ》を上げる。

「おやァ？　それを言うなら、そっちも同じことであろう？」

「は？」

「二日めのアクセ販売会《はんばいかい》に変化をつけて、新規の客を獲得《かくとく》しようという試みであろう？　一日めは完璧超人《かんぺきちょうじん》の手腕《しゅわん》でバカ売れだったようだが、肝心《かんじん》の月下美人のアクセが売れ残った時点で貴様の失敗は露呈《ろてい》した。ま、リンちゃんがうまくやるのを指をくわえて……」

「………………」

楽しそうに挑発《ちょうはつ》する真木島《まきしま》くん。

それに対して、アタシはにこーっと微笑《ほほえ》んだ。くるっと振《ふ》り返《かえ》ると、行《い》き交《か》うお客さんたちへ手を振《ふ》る。

「みなさーん！　ここの屋台のご飯、食べたらお腹《なか》が痛くなって……もがあっ⁉」

背後から慌《あわ》てて口をふさがれた！

「やめいっ！　図星を突《つ》かれたからといって、やっていい仕返しとよくない仕返しがあるだろう！」

「もがもが〜っ！」

真木島《まきしま》くんが、はあっとため息をついてアタシを解放する。

「……まったく。貴様、どんだけメンタル雑魚《ざこ》になったのだ？　中学のときは、もっとふてぶてしい女であったろう？」

「うっさいなー。そっちこそ、いつまでも紅葉《くれは》さんへの初恋《はつこい》引きずってアホみたいだよなー。こんな文化祭でお兄ちゃんの記録破っても、紅葉《くれは》さんが見てくれるわけないじゃん？」

「………………」

おや？

真木島《まきしま》くんはなんか微妙《びみょう》な顔でアタシを見つめている。しばらく黙《だま》っていたけど、やがて意味深にフッと微笑《ほほえ》んだ。

透明《とうめい》のパックを開けて、網《あみ》の上で焼けていたフランクフルトと肉巻きおにぎりを詰《つ》める。

「夏休み。リンちゃんにも、同じことを言われたよ」

「え？」

そのパックをビニール袋《ぶくろ》に入れると、アタシに差し出した。

ついそれを素直《すなお》に受け取ってしまう。

「ま。貴様らも、そのうちわかる」

「はあ？」

「それは奢《おご》りだ。憐《あわ》れな負けヒロイン、せめて胃袋《いぶくろ》は幸福であらんことを」

「人を食《く》いしん坊《ぼう》みたいに言うなーっ！」

真木島《まきしま》くんはぺいぺいと犬でも払《はら》うような仕草をして、テントの中に戻《もど》っていった。

とりあえずアタシはテントを離《はな》れ、芽依《めい》ちゃんを待つことにする。

「……あいつ、わかった風なこと言っとけば強キャラに見えると勘違《かんちが》いしてない？」

アタシは微妙《びみょう》な気分でパックを見下ろす。

地元も推《お》してるB級グルメ、肉巻きおにぎり。

おにぎりを豚《ぶた》バラ肉で巻いて、タレをつけながらじっくり炭火で焼いた一品。もう見た目だけで空腹を刺激《しげき》しちゃうワイルドメシ。

まあ、おにぎりに罪はないしなー……。

それをぱくりと齧《かじ》ったとき、向こうから芽依《めい》ちゃんが戻《もど》ってきた。

「〝you〟様ーっ！」

「あ、芽依《めい》ちゃん。何かあったー？」

振《ふ》り返《かえ》って、ドキーッとする。

屋台街で買ったのであろうフライドポテト、イカ焼き、チョコバナナ……両手いっぱいの食料を持っていた。

「わんぱくだねー」

「〝you〟様の一番弟子《でし》たるもの、たくさん食べて、たくさん吸収します！」

「よーし。それじゃあ、この勢いで展示とかも制覇《せいは》しちゃうぞーっ！」

「はーい！」

　いいね、いいね。

　さっきのお邪魔野郎《じゃまやろう》の言葉なんか無視して、今は芽依《めい》ちゃんと文化祭を楽しむのだー。悠宇《ゆう》も販売会《はんばいかい》が終われば合流するだろうし、それまではアタシを慕《した》う可愛《かわい》い女の子とデートを満喫《まんきつ》しちゃうぞーっ。

　と、そこで向こうから知り合いが声をかけてきた。

「日葵《ひまり》さーん！」

「芽依《めい》ちゃんもやっほーっ」

　おっ。

　女子バレー部の部長副部長コンビだ。まおぴーこと井上茉央《いのうえまお》ちゃんと、アズきゅんこと横山《よこやま》亜寿美《あずみ》ちゃん。

　その格好を見て、アタシと芽依《めい》ちゃんは目を丸くした。

「おー、すごいねー」

「攻《せ》めてるッス！」

　二人はドラキュラと魔女《まじょ》のコスプレをやっていた。

確かにこれはかなり攻《せ》めてる。けっこう露出《ろしゅつ》もあるけど、なんか健康的なエロさって感じで悪くない。

てか、まおぴースタイルいいなー。これが年上カレシを持つ者の色香……。

「二人とも、その格好どしたん？」

「今日は女バレでお化け屋敷《やしき》してんだー」

「日葵《ひまり》さんも遊びにきてねーっ」

あ、なるほどね。

「でもドラキュラと魔女《まじょ》って、お化け屋敷《やしき》だっけ？」

「先週のハロウィンパーティの使い回しー」

うまいこと節約してるなー。

「あとで行くねー」

「待ってるねーっ！」

お化けコンビ（？）に手を振《ふ》って別れた。

よーし、お化け屋敷《やしき》は悠宇《ゆう》と行くかーと思いながら、芽依《めい》ちゃんと買い食いしながら文化祭を歩き回る。

教室の展示とか中庭の大道芸とか見ながら、文化祭を楽しんでいった。

……やがて、芽依《めい》ちゃんが不思議そうに聞いてくる。

「あの、〝you〟様？」

「んふふー。どしたのかなー？」

「なんでアクセ販売《はんばい》会場に戻《もど》ってきてるんです？」

「あっ」

アタシは我に返る。

確かにここは、アクセの販売《はんばい》会場の近く。……無意識に悠宇《ゆう》の様子を見にきてしまった。

「あ、アハハー。ほら、悠宇《ゆう》って頼《たよ》りないから、ちゃんと見てなきゃなーって……」

「うーん。確かにそうかもです」

「いやいや、あれでちゃんとしっかりしてるところあるし！」

「〝you〟様……」

ハッ。

いかん、完全にヒモを褒《ほ》める女だった。芽依《めい》ちゃんの「アクセは尊敬するけどダメ女なのは否定できんな……」って視線が痛い。

「……あれ？」

ふと気づいた。

なぜか悠宇《ゆう》が、販売《はんばい》会場のドアの前で立っている。

呼び込みかな……って思ったけど、その様子もない。近くを生徒が通っても、ずっと黙《だま》ってるし。

芽依《めい》ちゃんが不思議そうに言った。

「何やってるんですかね」

「えのっちが中で対応してるのかな……？」

二人で刑事《けいじ》のように見張っていると、変化が訪《おとず》れた。

廊下《ろうか》の向こうから、女子生徒の二人組がやってきた。スリッパの色からして、たぶん一年生だ。

その子たちは躊躇《ためら》いがちに、悠宇《ゆう》に話しかける。ついでに、何か名刺《めいし》のようなものを差し出した。

悠宇《ゆう》がにこやかに言った。

「ようこそ。〝秘密の花園《はなぞの》〟へ」

そう言って、その子たちを販売《はんばい》会場へと迎《むか》え入《い》れる。

アタシたちも首をかしげて近づくけど、黒いカーテンで仕切られた窓からじゃ中の様子はわからなかった。

「秘密の花園《はなぞの》？」

「何ですかね」

「芽依《めい》ちゃん。何か知ってるんじゃないの？」

芽依《めい》ちゃんは身振《みぶ》り手振《てぶ》りで説明する。

「あたしの持ってきたパーティションを使って、個室を作るらしいッス」

「個室？」

「遮光性《しゃこう》の高い黒い布でパーティションを覆《おお》って、狭《せま》い空間を作りたいって言ってました。それ以上は知らないッス」

「狭《せま》い、空間？」

わざわざ教室の中に、さらに小さな箱を作ろうということらしい。

そして窓は遮光《しゃこう》カーテンで覆《おお》われ、真っ暗だ。外からは誰《だれ》も覗《のぞ》けない。

狭《せま》い密室に、悠《ゆう》宇と可愛《かわい》らしい下級生の女の子が二人……。

「あー……」

「…………」

「…………」

芽依《めい》ちゃんと顔を見合わせる。

たぶんきっと、いや絶対、同じことを考えていた。

イケメン悠宇《ゆう》が、年下の女子生徒を狭《せま》い密室に連れ込んで××である。

芽依《めい》ちゃんが興奮気味に声を上げた。

「あたし、知ってます！　不純異性交遊ってやつッス！」

「いやいやいや」

「こ、これが高校生の文化祭……（ごくり）」

「いやいやいやいやいやいや」

〝you〟様！　カレシがそんなことしていいんですか⁉」

「悠宇《ゆう》だよ？　アクセの販売《はんばい》会場でそんな……」

「でも！　悠宇《ゆう》センパイ、たまに妙《みょう》にイケメンオーラ放つときあるッス！」

「た、確かに！」

「あと、たまにノリで女の子を口説いてるときあるッス！」

「確かにあるーっ！」

アタシの中の天秤《てんびん》が、がくーっと傾《かたむ》いた。あいつ、アタシに鍛《きた》えられたせいで無自覚イケメンムーブかますときあるからな！

芽依《めい》ちゃんを引き連れて、販売《はんばい》会場に突撃《とつげき》した。

「ゆ、悠宇《ゆう》！　そういうことするのはアタシの役割でしょ——あれ？」

アタシは止まった。

ドアが開いて光の入った室内には、奇妙《きみょう》な光景があった。

「……なにこれ？」

そこにあったのは、不思議な空間だった。

多目的室を遮光《しゃこう》カーテンで塞《ふさ》ぎ、暗くする。

そして中央にパーティションを四方に並べて作った小部屋。その小部屋も黒い布で覆《おお》い、光を完全に遮《さえぎ》る。

そのパーティションの小部屋の中に、何か淡《あわ》く輝《かがや》くものが――……。

「日葵《ひまり》。何してるんだ……？」

ハッとする。

先に入った女子生徒二人組と一緒《いっしょ》に、悠宇《ゆう》がぽかんと見つめている。決して××な現行犯逮《たい》捕《ほ》ではなさそうだった。

「あ、いやー……」

カレシが花の蜜《みつ》に誘《さそ》われた子猫《こねこ》ちゃんと戯《たわむ》れてると誤解したとはさすがに言えず、アタシたちは退散した。

しばらく外で待っていると、女子生徒二人がぺこりと頭を下げて出て行った。

入《い》れ替《か》わりに販売会場《はんばいかいじょう》に戻《もど》ると、悠宇《ゆう》が種明かしをしてくれる。

再び真っ暗にした室内で、パーティションの小部屋の中だけが淡《あわ》く輝《かがや》いていた。

「悠宇《ゆう》、この真っ暗なのは？」

「これは『夜』を作ってるんだよ」

「夜？」

「それが今回の、俺の販売《はんばい》会場のコンセプトだ」

そしてパーティションの小部屋の中。

中央にライトアップされたいくつもの水槽《すいそう》が置かれ、その中に月下美人入りのレジンのアクセを浮《う》かべていた。

それらは水の中で光を浴びて、キラキラと輝《かがや》いている。

水槽《すいそう》の向こうには月下美人の鉢《はち》も備えられ、水槽《すいそう》を通してゆらゆらと蜃気楼《しんきろう》のように幻想《げんそう》的な風景を醸《かも》していた。

悠宇《ゆう》が自信満々に言った。

「名付けて『アクアリウムの植物園』」

「アクアリウム……」

夜にしか出会えない月下美人の花をモチーフにしたアクアリウム展示販売会《はんばいかい》。

小部屋のために一人ずつしか入れないが、全体的に高級感を重視したアクセ販売会《はんばいかい》。一緒《いっしょ》に入った芽依《めい》ちゃんも、言葉も出ないという様子で見つめていた。

「夏休みの東京で、金魚のアクアリウム展覧会に行ったんだ。それを思い出して、こうやって参考にしてみた。この小部屋の中で俺が一対一の接客をして、経験値アップも目指すんだ」

「へ、へー。これが悠宇《ゆう》のプロデュースした販売会《はんばいかい》？」

「プロデュースって言っても時間なかったから原案だけ。それを形にできたのは、榎本《えのもと》さんと城山《しろやま》さんの助けがあったからだし」

「でも、すごく可愛《かわい》い。これならあんまり教室っぽさも感じないし……」

アタシは本心から感心していた。

……その途中《とちゅう》、ふと胸がチクリと痛んだ。それを見て見ぬふりするように、慌《あわ》てて芽依《めい》ちゃんの手を握《にぎ》る。

アタシはアハハと笑いながら、販売《はんばい》会場を出ようとした。

「じゃあ、頑張《がんば》ってね。邪魔《じゃま》してゴメン！」

「いや、俺も最初に説明しとけばよかったよ」

「てか、えのっちは？　それにアクセの数も少なくない？」

「あ、榎本《えのもと》さんは……」

◇◇◇

アタシと芽依《めい》ちゃんは、悠宇《ゆう》に教えられた場所に到着《とうちゃく》した。

昼前、廊下《ろうか》まで賑《にぎ》わう出店。

そこに入ると、エプロン姿の女子生徒が迎《むか》えた。

「ようこそ、吹奏楽部《すいそうがく》のオムライス喫茶《きっさ》へ！　今ならすぐお通しできまー……あれ？　日葵《ひまり》さん？」

「どーも、どーも」

吹奏楽部《すいそうがく》のオムライス店。

えのっちフレンズにそそくさと席へ通され、メニュー表を渡《わた》される。

「〝you〟様、何にしますか⁉」

「うーん。アタシ、さっき肉巻きおにぎり食べちゃったからなー」

「それじゃ、あたしが二人分食べます！」

「無限の胃袋《いぶくろ》……」

これが若さなのかー……。

「というか、メニューがオムライス一択《いったく》ッス」

「学校の文化祭だし、こんなもんだよねー」

言いながら、きょろきょろと視線を彷徨《さまよ》わせた。

「えのっちはどこだろ。裏で作ってるのかな……お？」

見つけた。

教室後方の『会計』のプレートを立てたテーブルだ。そこでお店の手伝いをしながら、何かを売っている。

「芽依《めい》ちゃん、オムライスきたら教えてね」

「あ、はい！」

アタシは一人、えのっちのほうへと向かう。

「えのっち。何してるの？」

「うわ、ひーちゃん……」

「露骨《ろこつ》に嫌《いや》そうな顔すんなし！」

「他のところで食べてきなよ……」

そのテーブルには、悠宇《ゆう》のアクセを並べていた。

月下美人以外のアクセは、ここで販売《はんばい》されていたのだ。

「え、ここ、吹奏楽部《すいそうがくぶ》の出店だよね？　いいの？」

「みんなに許可もらってるから大丈夫《だいじょうぶ》。それに昨日だってアクセは売り歩いてたじゃん」

「た、確かにそうだけど……」

そうはそうだけど、なんで悠宇《ゆう》と別行動なんだろ。昨日みたいに、緊急《きんきゅう》を要してるって感じでもなさそうなのに……。

「ひーちゃん。アレ」

「え？」

えのっちが指をさして気づく。

吹奏楽部《すいそうがく》の接客メンバーが、みんな悠宇《ゆう》のアクセを身に着けている。同時に、食事テーブルにアクセ販売《はんばい》の宣伝カードも立ててあった。

食事を終えた女子生徒が、会計のためにえのっちのテーブルにやってくる。会計の間にアクセを物色して、一つ売れた。

アタシはそのシステムを理解した。

「なるほどなー。ここで会計のついでにアクセを売るから効率いいってことかー」

「それもある」

「でも、なんでここに集中してるの？　外で宣伝したほうが……」

「……………」

いかにも鬱陶《うっとう》しそうにしていたえのっちが、ため息をついて説明する。

「ひーちゃんは、宣伝って何のためにすると思う？」

「は？　……そりゃ、商品を知ってもらうため？」

「そうだよね。なら、その宣伝は、どこに置くのが効率いいと思う？」

宣伝を置く場所？　そして効率？

「えーっと。……人がたくさん通るところ？」

「例えば？」

うーん？

昨日、アクセを売り歩いていたときのことを思い出す。

「この文化祭なら、野外エリアと室内エリアの間かな？　アタシは昨日、そういうところを選んで声掛《か》けしてたけど……」

「それで、昨日は何個売れた？」

指折りして思い出す。

「30個だったはず」

「あの1時間の間、何人のお客さんが通った？」

「え？　あー……数えきれないくらいたくさん？」

特に体育館の出し物の合間とか、すごいお客さんが通っていた。そういうところに立っていると、よく声をかけてもらえたし。

アタシの答えを聞いて、えのっちがしれっとした顔で言う。

「数えきれないくらいたくさんの人の目について、実売は30個」

「な、何が言いたいの？」

「わたしは昨日も、外回りのアクセサリーボックスを持ってここで売った。30分で十五人くらいのお客さんに声をかけて、12個売れた」

「……あっ」

　ハッとして、倍率を計算する。

　数えきれない人を母数にして、30個販売《はんばい》。

　一方、えのっちは十五人に声をかけて、12個販売《はんばい》。

　確かに総数の点で言えば、アタシの圧勝。

　でもコスパの観点でいえば、明らかにえのっちが上だ。

「ひーちゃん。宣伝は人通りが多い場所じゃなくて、人が立ち止まってるところに置くのが一番、効率がいいの」

「……っ！」

　その意味はわかった。

　広告を読むために立ち止まらせる労力は、はっきり言って無駄《むだ》なコストだ。もともと人が立ち止まる場所に広告を打って、強制的に目に入れるほうが効率がいい。

「たとえば、うちの洋菓子店《ようがしてん》のレジにも他店のチラシを貼《は》ったり、地域の合唱コンサートとかのチケットを置いたりする。東京でもそうだった。駅のホーム、エスカレーター、あるいは駅を出て信号待ちの間に目に入るところ……立ち止まって手持《ても》ち無沙汰《ぶさた》になる場所に置かれた広告は、視界に入りやすい」

その上で、この吹奏楽部のオムライス屋さんの客層は大半が女性だ。お洒落《しゃれ》なフラワーアクセとの親和性も高い。

その会計レジ……つまりお財布《さいふ》を出す場所にアクセの販売《はんばい》コーナーも併設《へいせつ》することで、購《こう》入《にゅう》までのハードルを下げる。

広告と販売《はんばい》が直結しているのは理想的だ。

そういう理屈《りくつ》で、えのっちはこの場所でコンパクトに広告を展開した。

「…………」

アタシが呆気《あっけ》に取られてるうちに、またオムライスの会計をする女子生徒がアクセを買っていった。

この小一時間で、アクセは残り12個。

昨日、アタシがプロデュースした販売会《はんばいかい》は午前中で5個しか売れなかったのに……。

「ひーちゃん、これで恋人《こいびと》として専念できるよね？　ひーちゃんがいなくても、ゆーくんの運命共同体《しんゆう》はわたし一人で十分だよ」

「うっ……」

えのっちの真《ま》っ直《す》ぐな瞳《ひとみ》が、アタシを射貫《いぬ》く。

それに対してアタシができたのは……醜《みにく》い悪あがきだった。

「た、確かにえのっちのサポートのほうが、数は出てるかもしれない。でも、これじゃあ未完成だよ。向こうの販売会場《はんばい》では悠宇《ゆう》がぽつんと立ってるだけだし、本陣《ほんじん》が集客しないっていうのは……」

「それは、他に準備してあるから大丈夫《だいじょうぶ》。……たぶん、もうちょっと待ってればわかるよ」

アタシの揚《あ》げ足《あし》取りを、あっさりと問題なしと告げた。

別に見栄《みえ》を張っているという様子でもない。首をかしげていると、テーブルで待機していた芽依《めい》ちゃんが呼んだ。

「〝you〟様！　オムライスきました！」

「う、うん……」

テーブルに戻《もど》って、経過を見守ることにした。

くす玉のオムライス。あのインスタ映《ば》え最強のやつだ。

オムライスを運んできたえのっちフレンズが、にやりと笑ってナイフを入れる。

「イッツ・ショータイム！」

くす玉のたまごが割れて、とろとろのスクランブルエッグが流れ出してくる。わあっと歓声《かんせい》が上がり、周囲から「成功です！」とベルが鳴った。

芽依《めい》ちゃんがハシャぎながらスマホで撮《と》りまくっているけど、アタシの意識はえのっちのほうへ向いていた。

「……あっ」

ある女子生徒の会計中、さらにアクセが売れた。えのっちはその子に、名刺《めいし》のようなものを渡《わた》している。

アタシは慌《あわ》てて、えのっちのほうに行った。

あの名刺《めいし》みたいなの、見覚えがある。さっき悠宇《ゆう》の『秘密の花園《はなぞの》』で、女子生徒たちが渡《わた》してたやつだ。

「えのっち！　今の、悠宇《ゆう》の販売会《はんばいかい》へのチケットだよね⁉」

「うん」

「なんで⁉　どういうこと⁉」

「今の子は、ゆーくんのアクセへの興味が特に強い子だったから」

その言葉に、アタシは首をかしげる。

アクセへの興味？

何だそれ？

アタシは眉根《まゆね》を寄せながら、えのっちに聞き返そうとした。

そして気づいてしまった。

えのっちが、悠《ゆう》宇と同じ目をしていることに——。

爛々《らんらん》と輝《かがや》く虹色《にじいろ》の瞳《ひとみ》。

強い情熱と決意を湛《たた》えた瞳《ひとみ》。

チカチカと瞬《またた》くような、まるで火花が散るような美しいまなざし。

思わず吸い寄せられるような錯覚《さっかく》を感じるほどに魅了《みりょう》される。

息を呑《の》むアタシに気づかずに、えのっちは淡々《たんたん》と説明を続けた。

「そういう子は、秘密の招待状を渡《わた》して特別な展覧会に招待するの。月下美人のアクセは、そっちだけでしか手に入らないから」

「…………」

あえて販売所《はんばいじょ》を二分《にぶん》することで、大量販売《はんばい》と特別な接客の場を両立させる戦法。ロープライス販売会《はんばいかい》と、悠《ゆう》宇の経験値上げがどちらも実現できる。招待制にすることで、悠《ゆ》宇《う》の負担をコントロールすることも可能だ。

この文化祭というシチュエーション、限られたスタッフ、そしてクリエイター自身のチャレンジを後押《あとお》しできる。

たぶんこれが、今回の文化祭での販売会《はんばいかい》の完璧《かんぺき》なアンサーだ。たった一晩で準備した、即《そっ》興《きょう》の販売《はんばい》態勢であるにもかかわらず……。

「ひーちゃん。これで認めてくれる？」

「………」

アタシは黙《だま》った。


（……勝てない）


所詮《しょせん》、文化祭。

所詮《しょせん》、同じ高校生。

大した差はない。

そう高を括《くく》っていた。

でも、ここまで明確な差を突《つ》き付《つ》けられると、下手に屁理屈《へりくつ》をこねる気もなくなる。

このままじゃ負ける。アタシが持《も》ち掛《か》けた勝負を、やっぱりなしにはできない。

どうしよう。アタシは必死に頭を働かせた。

そして、もう一つのプランを使うことに決めた。

（……どうせ負けるなら、それすら利用してやる！）

アタシは深呼吸した。

そして、落ち着いた態度で言った。

「うん、認める。アタシの負けだよ。悠宇《ゆう》に聞くまでもない」

えのっちが「え？」と驚《おどろ》いた様子を見せる。

そうだろう。アタシなら、ここで認めることはない。屁理屈《へりくつ》で状況《じょうきょう》をひっくり返そうとするはずだ。

だからこそ、この作戦は効く。

「これから〝you〟のパートナーは、えのっちに任せる。……悠宇《ゆう》のこと、よろしくね？」

「う、うん……」

えのっちは訝《いぶか》しげに返事をする。

アタシが何を企《たくら》んでいるのか測りかねているようだった。

アタシは裏の意図がないことをアピールするために、ちょっと泣きそうなウルウルした瞳《ひとみ》で訴《うった》える。

「でも、アタシ不安だな。えのっちみたいな可愛《かわい》くて仕事ができる女の子と二人きりにしたら、悠宇《ゆう》が好きになっちゃうかも……」

「それは、うん。ひーちゃんたちの恋人《こいびと》生活は邪魔《じゃま》しないから。それは約束する……」

えのっちがますます不審《ふしん》そうだ。

うーん。確かに、あんまり素直《すなお》すぎてもアタシらしくないかも？　ここはちょっとアクセント加えとくか？

アタシはビシッと指をさした。

「でも、えのっちが堕落《だらく》したら、すぐアタシに交代なんだからね！　アタシは諦《あきら》めたわけじゃないんだから！」

「そのツンデレ何？」

「え。お兄ちゃんが好きなアニメに、こんなシーンあったから……」

「……ひーちゃん。やっぱり何か企《たくら》んでない？」

う、いかん。

ますます怪《あや》しそうにしてる。ええい、ここは勢いで乗りきる！

「アタシという存在がいなくなって、ほんとにやっていけるかどうか。ちゃんと見ててあげるからね！」

アタシは悪の大幹部の如《ごと》く、颯爽《さっそう》と身を翻《ひるがえ》した。

「行くよ、芽依《めい》ちゃん！」

「〝you〟様!? ま、待ってください！」

慌《あわ》てて芽依《めい》ちゃんがついてくる。

ぷフフ。アタシ、めっちゃクール……とか思ってると、後ろからえのっちが呼び止めた。

「ひーちゃん。待って！」

アタシは振《ふ》り返《かえ》った。

えのっちは真剣《しんけん》なまなざしだった。

そしてゆっくりと、手のひらをこっちに差し出して——。

「オムライス代」

「あっ」

アタシはコホンと咳《せき》をすると、二人分をしっかりと払《はら》ったのだった。

食《く》い逃《に》げ、ダメ、絶対。

♣♣♣

ちょうど正午を回った頃《ころ》だった。

残りのアクセは無事に完売して、俺は日葵《ひまり》と合流すべく急ぐ。

販売会《はんばいかい》が終わったら、後は日葵《ひまり》へのサービスだ。

榎本《えのもと》さんたちは、片付けのときに集合することになっている。

体育館への渡《わた》り廊下《ろうか》でヨーグルッペをストローでちゅーっと飲みながら、日葵《ひまり》が物憂《ものう》げに脚《あし》をブラブラしていた。

「日葵《ひまり》、お待たせ！」

こっちを見た日葵《ひまり》が、パッと顔を輝《かがや》かせる。

「あ、悠宇《ゆう》。どうだったー？」

「無事、アクセ完売したよ。日葵《ひまり》もありがとな」

「んーん。アタシは大したことやってないし」

「そんなことないだろ。日葵《ひまり》が頑張《がんば》ってくれなきゃ、一日めは……」

と言いかけたところで、日葵《ひまり》が俺の手を引っ張る。

「それより、はやく遊びに行こ！」

「あ、ああ。そうだな」

なんか日葵《ひまり》、いつにも増してご機嫌《きげん》だな。

「日葵《ひまり》、何かあったのか？」

「べっつにー？　えのっちがアタシに助けを求める未来を思うと、今からわくわくしちゃうだけー♪」

　なおさら意味がわからん……。

　まあ、榎本《えのもと》さんと戯《ざ》れてるだけなら問題ないか。とにかく今は日葵《ひまり》へのサービスを優先しよう。

　今日は俺の我儘《わがまま》、たくさん聞いてもらったし。

　せめて今だけでも日葵《ひまり》に楽しんでもらいたいっていうのは虫のいい話だけど、間違《まちが》いなく俺の本心だ。

「悠宇《ゆう》。ここ入ろーっ！」

「え、ここ？」

　日葵《ひまり》に連れてこられたのは、女子バレー部のお化け屋敷《やしき》だった。

　教室の外にはおどろおどろしい飾《かざ》りつけが施《ほどこ》されて、何ともそれっぽい。

「こんなコテコテのお化け屋敷《やしき》あったんだな……」

「さっき、まおぴーたちに誘《さそ》われてさー」

「ああ、井上《いのうえ》さんか。でもおまえ、怖《こわ》いのダメじゃなかった？」

「生徒がやるやつだし大丈夫だって。文化祭っぽいことしようぜー」

　まあ、日葵《ひまり》がやりたいならいいか。

　そう思いながら、入口で受付して足を踏《ふ》み入《い》れる。

「おお……けっこう凝《こ》ってる……」

枯《か》れ木を作るために川から流木を持ってきているし、BGMとして女のうめき声が繰り返し聞こえている。なんか肌寒《はだざむ》いと思ったら、冷房《れいぼう》ガンガン効いているし……。

日葵《ひまり》がカラカラと笑った。

「こういうとこ、本物が寄ってくるっていうよなー」

「やめい」

「知ってる？　この学校、建設のときに生《い》き埋《う》めになった女性の霊《れい》が……」

「嘘《うそ》つくにしてもシチュエーションは精査してくれませんかねえ」

さすが日葵《ひまり》の創作話、マジで学校の怪談《かいだん》っぽくないんだよなあ。

順路に沿って進んでいると、目の前にハリボテの大きな棺桶《かんおけ》があった。

露骨《ろこつ》になんか出てきそう……とか思っていると、案の定、内側から棺桶《かんおけ》が開いた。特に身構えずに見ていると、金髪《きんぱつ》ドラキュラこと井上《いのうえ》さんが飛び出してくる。

「がおーっ！」

「がおーて……」

「た～べ～ちゃ～う～ぞ～っ！」

「設定がフラフラしてる……」

ドラキュラって肉食でしたっけ？　いやでも美女の生き血を好むって設定よく聞くし、ある意味、肉食なのか？

俺がリアクションに困っていると、井上《いのうえ》さんが不満そうに両肩《りょうかた》を揺《ゆ》すってきた。

「夏目《なつめ》くん、驚《おどろ》けし！」

「いや雑すぎない？」

設営はこんなに凝《こ》ってるのに、キャストが残念すぎる……。

しかもこれ、露骨《ろこつ》にドンキで買ったコスプレ衣装《いしょう》っぽいし。怖《こわ》いっていうより、その、セクシー路線で目のやり場に困るんだけど……。

そんなことを思ってると、なぜか日葵《ひまり》が腕《うで》に抱《だ》き着《つ》いてくる。

「きゃあーっ！　悠宇《ゆう》、怖《こわ》ぁーい！」

「日葵《ひまり》さん？　その雑な驚《おどろ》き方なんなの？」

「きゃあーっきゃあーっきゃあーっ。逞《たくま》しくて素敵《すてき》なカレに守ってもらいた〜い！」

「明らかに怖《こわ》がってないよな？」

日葵《ひまり》がうるうる瞳《ひとみ》で訴《うった》えてくる。

「悠宇《ゆう》、アタシを守って？」

「井上《いのうえ》さんから？　その痛い演技のせいで襲《おそ》ってくるであろう黒歴史から？」

すると日葵《ひまり》がむっとする。

小声で「しょうがないな〜」とか言うと、突然《とつぜん》、俺の耳元で囁《ささや》いてくる。

「守ってくれたら、あとで悠宇《ゆう》の大好きなエッチなチューしてあげちゃうぞ♡」

「おまえ、なんてことを言い出しちゃうの⁉」

井上《いのうえ》さんがニマニマ顔で口元を押さえている。

「おやおや～？　夏目《なつめ》くん、可愛《かわい》い顔してけっこう好きものだね～？」

「いやいやいや、日葵《ひまり》が適当なこと言ってるだけ……」

「ダイジョブダイジョブ。うちのカレシも人に言えない趣味《しゅみ》の一つや二つあるし」

「熊先輩《せんぱい》！　勝手に性癖《せいへき》を暴露《ばくろ》される前に助けにきて！」

日葵《ひまり》が腕《うで》をブンブン振《ふ》る。

「ねぇ～。ゆぅ～」

「めっちゃ日葵《ひまり》を守る方法を思いついた。このお化け屋敷《やしき》から出ればよくね？」

「それはダメーっ！」

「なんでだし⁉　てか、それでなくても早く出たいんだけど！」

逃《に》げようとするけど、なぜか日葵《ひまり》がぐいぐい腕《うで》を引《ひ》き戻《もど》す。

ついでに井上《いのうえ》さんもぐいぐい押し戻そうとしてくるし……え、何これどういう遊びなの？

俺が完全に困惑《こんわく》していると、なぜか暗闇《くらやみ》にパシャッとフラッシュが瞬《また》いた。

「え？」

物陰《ものかげ》から、魔女《まじょ》のコスプレをした横山《よこやま》さんが出現した。その手には、カメラモードのスマホを構えている。

「日葵《ひまり》さん、いいの撮《と》れたよ～」

「わ、見せて見せて～」

途端《とたん》、俺をポイして女子三人がスマホに群がる。

そこにはいかにも『お化け屋敷《やしき》で恐《こわ》がる美少女に泣きつかれて顔を真っ赤にする俺』の姿があった。

「ど、どういうこと？」

すると横山《よこやま》さんがVサインで答えた。

「ご希望の方には、記念写真をプレゼント！」

「あ、そういう趣旨《しゅし》の出し物なのか……」

よくよく見れば、床《ゆか》に蛍光《けいこう》テープで『撮影《さつえい》ポイント』って書いてある。

遊園地のアトラクションとかでもあるよね。絶叫《ぜっきょう》マシーンの通路にカメラがあるタイプのやつ。

横山《よこやま》さんが可愛《かわい》らしい笑顔《えがお》で手のひらを差し出した。

「じゃ、友だち価格で一枚500円ね」

「高《た》っか」

絶対、俺より商売上手じゃん……。

日葵《ひまり》が唇《くちびる》に人差し指をあてて、可愛《かわい》らしくおねだりしてくる。

「ゆう〜。アタシ、ほしいな〜？」

「はいはい……」

俺はげんなりしながら、ポケットから財布《さいふ》を取り出すのだった。

♣♣♣

そんな調子で、文化祭を回っていった。

午後2時すぎ。

俺たちは次の獲物《えもの》を探して、廊下《ろうか》を彷徨《さまよ》い歩いている。今日撮《と》ったインスタたちを見て、日葵《ひまり》はご満悦《まんえつ》の様子だった。

「いやー、今日は遊んじゃった！」

「あの縁日《えんにち》の展示、すごい本格的だったな」

「そだねー。まさか金魚すくいがあるとは思わなかったよー」

「床《ゆか》、びっちゃびちゃだったけど」

「ぷはは。まあ先生には許可取ってるでしょ」

「てか日葵《ひまり》は射的やりすぎだろ」

「お兄ちゃんだったら、景品、全部落としてたかもなー」

ビニール袋《ぶくろ》に入った景品のお菓子《かし》やぬいぐるみを、どや顔で見せつけてくる。

文化祭のしおりを広げて、まだ見ていない場所を検討した。

「日葵《ひまり》、何か見たいのある？」

「どうしよっかなー。さっきお店の人がいなかった占《うらな》いの館っぽいの気になってるけど、今から戻《もど》るのめんどいしなー」

「一応、アクセ販売会《はんばいかい》の片付けもやんなきゃだし、4時すぎには戻《もど》りたいかも」

「それじゃあ……」

そんな話をしているとき、進行方向に見知った顔を発見した。その女性はのほほんとした感じで、ヒラヒラ手を振《ふ》りながら近づいてくる。

「おー、やっと見つけた」

「新木《あらき》先生！」

俺がお世話になっている生花教室の先生だ。

普段《ふだん》はラフな格好が多いけど、今日はかっちりとしたスーツ姿だった。こういうところを見ると、本当に社会人なんだなって思い出す。

「先生、どうしたんですか？」

「暇《ひま》だったから、夏目《なつめ》くんの販売会《はんばいかい》を見にきたんだけど……」

そう言って肩《かた》をすくめる。

「今日のお昼には完売しちゃったんだって？　さっき榎本《えのもと》ちゃんに聞いた」

「あ、はい。すみません」

「いいよ。もし在庫抱《かか》えてたら買ってあげようと思っただけだし」

「はは……。一応、日葵《ひまり》や榎本《えのもと》さんのおかげで無事に売れました」

「よかったじゃん。何か手応え、あった？」

「あ、はい。アクアリウムを模した展示を試《ため》してみたんですけど……」

そう言いかけたとき、日葵《ひまり》がドキッと身体《からだ》を強張《こわば》らせた……ような気がした。

あ、やば。

俺が慌《あわ》てて何かフォローしようとしたとき……。

「おう、にゃん太郎《たろう》！」

「あ、笹木《ささき》先生……」

背後から、別の野太い声が飛んできた。

うちの学校の数学教諭《きょうゆ》で、進路指導とかも担当している笹木《ささき》先生だ。ちなみに、この文化祭の実行委員会の担当でもある。そしていくら言っても、俺を「にゃん太郎《たろう》」と呼ぶのをやめてくれない……。

その笹木《ささき》先生を見て、俺は目を丸くした。今日は動きやすいジャージ姿だったのだが、背中にギターケースを背負っていたのだ。

「笹木先生、どうしたんですか？」

「今から三年のバンドに交ざってライブだ。おまえら、暇《ひま》だったら見にこい」

すると日葵《ひまり》が、楽しそうにケースを突《つつ》いた。

「えー？　笹木《ささき》先生、ギター弾《ひ》けるのー？」

「これでも高校時代はバンドやっててな。けっこう巧《うま》いんだぞ」

俺たちが意外な特技に驚《おどろ》いていると、なぜか笹木《ささき》先生は変な顔になった。

その視線は俺たちを通《とお》り越《こ》して、新木《あらき》先生に向かっている。

「もしかして新木《あらき》か……？」

おや？

「おー、笹木《ささき》くんだ。ここで先生やってたの？」

知り合いっぽい会話に、今度は俺と日葵《ひまり》が変な顔になる番だった。

「まあな。というか、高校卒業以来だな。元気だったか？」

「ぼちぼちやってるよ。あの不良生徒が学校の先生かー。『GTO』みたいだねー」

「おまえ、今の高校生にはわからんぞ……」

しかもけっこう親しそうだ。

俺は笹木《ささき》先生のほうに聞いた。

「新木《あらき》先生と、お知り合いですか？」

「俺の高校の同級生だ。同窓会にも顔を出さんから、てっきり県外に出てるもんだと思ってたよ」

「へ、へぇ。そうなんですか……」

世間って狭《せめ》ぇー。

「新木《あらき》はどうした？　にゃん太郎《たろう》と知り合いなのか？」

新木《あらき》先生がこっちを見て首をかしげる。

「にゃん太郎《たろう》？」

「聞かないでください……」

笹木《ささき》先生が豪快《ごうかい》に笑いながら「その名前、似合ってるだろ」と俺の背中をバシバシ叩《たた》く。いや、俺のことそう呼ぶの笹木《ささき》先生だけなんだけど……。

すると新木《あらき》先生が聞いた。

「ところで笹木《ささき》くん。ライブって、あれやるの？」

「あれ？」

「昔、わたしに歌ってたオリジナルラブ……」

「わあーっ！」

なぜか笹木《ささき》先生が、新木《あらき》先生の口をふさいだ。その厳《いか》つい顔が、柄《がら》にもなく真っ赤に染まっている。

「何でもないぞ！　本当に何でもない！」

「ど、どうしたんですか？」

「は、はあ……」

笹木《ささき》先生が顔を赤くして、新木《あらき》先生にもにょもにょ何かを言っている。「生徒の前で」とか「昔のことだろ」みたいな言葉が聞こえた。露骨《ろこつ》に怪《あや》しすぎる……。

そしてわざとらしく咳《せき》をして、強引《ごういん》に話を戻《もど》してきた。

「おっと、そろそろ時間だ。新木《あらき》も余計なこと言うなよ」

「はいはい」

そして笹木《ささき》先生は、慌《あわ》てた様子で体育館へと向かっていった。彼の背中が完全に見えなくなったところで、新木《あらき》先生に聞いてみる。

「笹木《ささき》先生があんなに慌《あわ》てるの、初めて見ました」

「高校の頃《ころ》、笹木《ささき》くんがわたしにオリジナルのラブソング歌ったんだよ」

「あっさりバラした……」

「わたし不良嫌《きら》いだったから、フッちゃったけど」

「そこまで聞いてません……」

その痛々しい失恋《しつれん》話に、俺はつい切ない気持ちになってしまった。……これ咲姉《さくねえ》さんに言ったら、絶対に喜ぶだろうなあ。

新木《あらき》先生がポンと肩《かた》を叩《たた》いてきた。

「ほら、夏目《なつめ》くん、犬塚《いぬづか》ちゃん。行くよー」

「俺たちも行くの決定なんですね……」

日葵《ひまり》に許可を取る。

「日葵、どうする?」

「んー。笹木《ささき》先生が出るなら、行ってみよっか」

それなら、と俺たちは新木《あらき》先生と体育館へ向かった。

♣♣♣

体育館でのライブは、けっこう盛り上がっていた。

三年の先輩《せんぱい》たちが有名人らしく、かなり上手に盛り上げている。その中に交ざって、笹木《ささき》先生がテクニカルな演奏を見せつけていた。

「笹木《ささき》先生、本当に巧《うま》いな……」

「おー。あのキュイーンッてするやつ、生で聴《き》いたの初めてかも……」

いや本当に巧《うま》い。素人《しろうと》から見たら、ほとんどプロ級なんじゃないかって感じもする。

でも何だろう。笹木《ささき》先生が巧《うま》ければ巧《うま》いほど「オリジナルのラブソングかあ……」みたいな雑念が頭をよぎるんだよな。

周囲の生徒たちは、手拍子《てびょうし》したり叫《さけ》んだりして、思い思いに楽しんでいる。新木《あらき》先生は欠伸《あくび》してるけど、まあ、この人はいつもこんな感じだし。

そんな中で、日葵《ひまり》も楽しそうに手を叩《たた》いていた。

その横顔がライトに照らされて、赤とか黄色に代わる代わる染まっていく。てか、改めてこいつ顔よすぎでは？

その横顔を見ていると、次第《しだい》に周囲の音が遠ざかっていくような気がした。

来年も日葵《ひまり》と一緒《いっしょ》に文化祭を楽しみたいな。

そんなことを思った。

今度は、ちゃんとやる。

ちゃんと時間をかけて準備して、日葵《ひまり》にも楽しんでもらえるような文化祭にする。

なんで来年のこと考えてんだよって思わなくもないけど、それでも考えずにはいられなかった。

今の俺のダメな部分もわかった。

イケそうって手応えもあった。

どっちもひっくるめて俺の糧《かて》にして、来年はもっと日葵《ひまり》に楽しい思い出を作ってもらいたい。

……そんなことを真面目に思っていると、なぜか日葵《ひまり》が俺を見返していた。

「あのさ、悠宇《ゆう》」

「な、なに？」

こっそり日葵《ひまり》を見ていたのがやましい気がして、つい声が上擦《うわず》ってしまった。

そしてライブの演奏や周囲の歓声《かんせい》で掻《か》き消《き》えそうな中——確かに言った。

「アタシ、〝you〟を抜《ぬ》けようと思う」

その言葉の意味を受け入れるのに、少しだけ時間がかかった。

視界の隅《すみ》で、新木《あらき》先生がちらと俺たちを見る。そして何も言わずに、向こうのほうへと離《はな》れて行った。

そこでようやく今の言葉が現実だと察して、俺はつい聞き返していた。

「な、なんで？」

「アタシ、あんまり悠宇《ゆう》の活動のためにならないみたい」

「そんなこと……」

ないという言葉は、日葵《ひまり》に遮《さえぎ》られた。

「ううん。今回の販売会《はんばいかい》でわかった。アタシには向いてないよ。むしろこれまでアタシがやってきたのは、もっとふさわしいひとにバトンを渡《わた》すため……そう考えると、なんか逆に清々《すがすが》しくなっちゃった。やり遂《と》げたなー的な？」

　そんな、勝手に満足されても……。

「でも、俺がアクセを作るのは、おまえにふさわしいクリエイターになるため……」

　俺は必死に追いすがろうとする。

　でも日葵《ひまり》は首を振《ふ》った。

「悠宇《ゆう》。アタシは、悠宇《ゆう》にはもっと大きいところを目指してほしい」

「大きいところ……？」

　その意味が分からずに聞き返す。

「アタシにふさわしいクリエイターになる。それはすごく嬉《うれ》しいけど、そんなものを目指してたら、小さくなっちゃうよ。夏休みに言ってくれたよね？　全部を摑んで持っていけるような、強いクリエイターになるって」

「あっ……」

　あの夏休み、紅葉《くれは》さんの一件。

　確かにあのとき、俺は日葵《ひまり》にそう誓《ちか》って恋人《こいびと》になったんだ。

　俺の視界が狭《せま》くなっているのを、日葵《ひまり》は見抜《みぬ》いていた。それが恥《は》ずかしくて……でも、やっぱり日葵《ひまり》は俺の一番の理解者だってわかって嬉《うれ》しかった。

　そして日葵《ひまり》は、優《やさ》しく微笑《ほほえ》んだ。

「悠宇《ゆう》が世界に羽ばたくのを、アタシは世界で一番大切な恋人として見守りたいの」

「……日葵《ひまり》」

俺はぐっと拳《こぶし》に力を込《こ》めた。

……今朝、榎本《えのもと》さんが意味深なこと言ってたけど、きっとこのことなんだろう。そう考えると榎本《えのもと》さんが〝you〟に復帰するって言い出した理由もわかった。

本当なら、日葵《ひまり》を引き留めたい。

でも、日葵《ひまり》だって悩《なや》んだはずだ。だって二人で立ち上げた〝you〟だ。日葵《ひまり》の性格も知ってるし、素直《すなお》に「飽《あ》きたわ」なんて言うやつじゃない。

ここで俺が未練がましく縋《すが》ったら、それは日葵《ひまり》の決意を踏《ふ》みにじることになる。

俺は決めた。

少し……いや、かなり寂《さび》しいけど、日葵《ひまり》が決めたことなら受け入れる。かつて中学の文化祭で、俺が披露《ひろう》した馬鹿な夢を受け入れてもらったように。

「……わかった。これからは榎本《えのもと》さんと〝you〟をやっていくよ」

「うん」

ライブが盛り上がっている。

ラストに選ばれたナンバーは、今年、ドラマの主題歌としてブームを起こしたわかりやすいラブソングだった。

その演奏の中、俺たちはしっかり手を繋《つな》ぐ。


これは終わりじゃない。

俺たちの新しい始まりだ。


「たとえこれまでと違《ちが》う関係になっても、俺は日葵《ひまり》のためにアクセを作るから」

「これまでと違《ちが》う関係になっても、アタシは悠宇《ゆう》を応援《おうえん》する」

ちょっとだけ寂《さび》しいけど……と感慨《かんがい》に耽《ふけ》っていると、いきなり日葵《ひまり》が俺の頰《ほお》をツンツンしてくる。

ぐあっと振《ふ》り返《かえ》ると、にま～っとした顔で言った。

「これからは恋人《こいびと》として、ず～っとイチャイチャしようね？」

「…………」

つい顔が熱くなった。

「そういうこと言うの、やめいっ」

「ぷはーっ」

日葵《ひまり》が楽しそうに笑った。

そうだ。

何も変わらない。

どんな関係になったとしても、俺たちは絶対に変わらないはずだ。

◇◇◇

……なーんちゃって。


ライブが盛り上がっている中、アタシは一人でほくそ笑《え》んでいた。

悠宇《ゆう》はすごくしんみりした顔で、アタシに慈愛《じあい》のまなざしを向けている。それを確認《かくにん》して、アタシは自分の作戦がうまくいったことを悟《さと》った。

名付けて『悠宇《ゆう》のために健気《けなげ》に身を引く、可憐《かれん》で美しいア・タ・シ♡』作戦！

販売会《はんばいかい》のプロデュースで負けたのなら、その勝負の外で勝ち筋を見出《みいだ》すだけのこと。

これは、いわば『試合に負けて人生に勝つ』戦略なのだ。

アタシは悠宇《ゆう》と、恋人《こいびと》生活を満喫《まんきつ》する。一転、〝you〟の活動からは徹底的《てっていてき》に離《はな》れる。するとどうなるか。

アタシがいないクリエイターの日々に物足りなくなった悠宇《ゆう》は、いずれアタシを迎《むか》えにくるって寸法よ。

さらに『悠宇《ゆう》のためにアタシが身を引いた風』にすることで、悠宇《ゆう》の中で『アタシに身を引かせてしまった己《おのれ》の不甲斐《ふがい》なさ』ゲージが急上昇《きゅうじょうしょう》。

悠宇《ゆう》は真面目だから、いよいよアタシを裏切ることはできなくなった。これで悠宇《ゆう》の、アタシへの想《おも》いは揺《ゆ》るがない！

この爆弾《ばくだん》さえ仕込んでおけば、後は悠宇《ゆう》とイチャイチャしながら刻《とき》が来るのを待つだけ。寂《さび》しくなった悠宇《ゆう》がアタシを迎《むか》えにきてハッピーエンド。

アタシの〝you〟での地位は盤石《ばんじゃく》。

そして、さりげなくえのっちにも約束させた。

『えのっちが運命共同体《しんゆう》になる代わりに、アタシの恋人《こいびと》生活を邪魔《じゃま》しない』

これで、とりあえずは二人きりにしても安心。

えのっちは、アタシと違《ちが》って約束をちゃんと守る子だからね。

真《ま》の『魔性《しょう》』は、こうやって逆境すらも利用する。

悠宇《ゆう》と恋人《こいびと》としてイチャイチャしておけば、勝手に勝ちヒロインルートに突入《とつにゅう》する。そのときこそ新生〝you〟のデトックスが完了《かんりょう》するってわけ！

ぷっはっは！

できる女ってのは、こうやってすべてを利用していくのだ！

こんな残虐《ざんぎゃく》非道な作戦、えのっちには真似《まね》できまい。これが本気になったアタシってもんですよ。悪いけど悪女の年季が違《ちが》うんだよ、年季が。オホホホホ。

やはり真のヒロインたるもの、裏ですべてを支配するのがスマートだよね♪


ということで、笹木《ささき》先生のライブが終わった。

もういい時間になっていて、そろそろ周囲も後片付けの雰囲気《ふんいき》になっていた。アタシたちも販売《はんばい》会場の片付けに向かう。

アタシたちの輝《かがや》かしい未来を思うと、自然と足取りも軽くなっちゃうなー。

「とーちゃーく！」

すぐに販売《はんばい》会場に到着《とうちゃく》した。

まだえのっちと芽依《めい》ちゃんは来ていない。二人とも、どこで遊んでるんだろう。ま、どこでもいっか。

アタシはぐっと拳《こぶし》を振《ふ》り上《あ》げる。

「よーし。先に片付けしちゃうぞーっ！」

「そうだな」

悠宇《ゆう》は背が高いから、多目的室を覆《おお》う遮光《しゃこう》カーテンを外していった。

その間に、アタシは例のパーティションを片付けよう……そう思って、その小部屋に足を踏《ふ》み入《い》れる。

「この水槽《すいそう》とか月下美人の鉢《はち》とか、よく準備できたよな──……え？」

アタシはそれを見て絶句していた。


月下美人の鉢《はち》が、一つだけ花をつけていたのだ。

一瞬《いっしゅん》、幻《まぼろし》でも見てるんじゃないかと思った。

月下美人は夜にしか咲かない花。

まだ夕方だし、とても咲《さ》くような時間帯じゃない。……いや、そうじゃなくても、月下美人は夏季の花だ。こんなに肌寒《はだざむ》くなっているのに、なんで咲《さ》いてるの？

もしかして、悠宇《ゆう》が作った『夜』のパーティションのせい？

それともライトの温かみで、つい寝《ね》ぼけちゃった？

いや、いや。

そんな理屈《りくつ》じゃない。

なんとなくアタシはそう思った。
なぜか思い出すのは、今でも強烈《きょうれつ》に脳裏《のうり》に刻まれた記憶《きおく》。

あの四月の出来事——。

『夏目《なつめ》くんの花——その子にちゃんと届いてるから』

えのっちが、悠宇《ゆう》に初恋《はつこい》の少女だと告白した光景。
あの鮮烈《せんれつ》な記憶《きおく》が、なぜかこの月下美人の花に重なるような気がした。

これが運命だ、と言わんばかりに。
まるで悠宇《ゆう》とえのっちの販売会《はんばいかい》の成功を祝福するかのように。
お似合いな二人の行く末を暗示するかのように。

「——ッ！」

とっさに、その花を千切っていた。

自分の行動に我に返ったとき、悠宇《ゆう》が顔を覗《のぞ》かせる。

「日葵《ひまり》。新木《あらき》先生がラインで、月下美人の鉢《はち》を車に乗せてってくれるって……どうした？」

「あ、いやいや！　なんでもない！」

アタシはその花を、つい背中に隠《かく》していた。

首をかしげる悠宇《ゆう》に、必死に笑いかける。たぶん最高にぎこちない感じになってるだろうけど、悠宇《ゆう》は気にせず遮光《しゃこう》カーテンを外しに戻《もど》っていった。

心臓の音がうるさい。

よくわかんない冷たい汗《あせ》で、背中がじっとり濡《ぬ》れている。

大丈夫《だいじょうぶ》、大丈夫《だいじょうぶ》。

アタシは、もう欲しいものを手にしてるから。

この恋《こい》をしっかり摑《つか》んでいれば大丈夫《だいじょうぶ》。

落としてしまわないように、ぎゅっと力を込《こ》めて握《にぎ》っていれば大丈夫《だいじょうぶ》だから。

絶対に放《はな》さない。

この恋《こい》も、友情も。

アタシの初めての本気の気持ちだもん。

最後に笑うのは、絶対にアタシだから——。

Ⅱ

〝真心の愛〟

文化祭、翌日。

振替《ふりかえ》休日のお昼。

アタシは台所に立って、目の前の鍋《なべ》を見つめている。


月下美人の花が、油の中でカラッと揚《あ》がっていた。

お馴染《なじ》み『3分クッキング』の音楽に合わせて、踊《おど》るように火が通されていく。

台所の入口で、お母さんがそわそわしながら覗《のぞ》いていた。

「ひ、日葵《ひまり》？　天ぷらはまだ教えてないわよ？　大丈夫《だいじょうぶ》？」

「…………」

「大丈夫《だいじょうぶ》かしら。なんか昨日から目が死んでるけど……」

「…………」

アタシは虚無《きょむ》のまま、身体《からだ》が示すままに菜箸《さいばし》を操《あやつ》る。

くるくると月下美人を回転させるように高温の油を纏《まと》わせて、さっと引き上げた。ちゃっちゃと油を切り、キッチンペーパーを敷《し》いたお皿にのせる。

火を止めると、その皿をテーブルへと置いた。

本日の献立《こんだて》。

『月下美人の天ぷら』

アタシの糧《かて》となる命に感謝しながら手を合わせて、並んだ薬味を小皿に取っていく。

花びらを一枚ずつ剝《は》ぎながら、塩、岩塩、抹茶《まっちゃ》塩の順に食す。

うまい。

衣《ころも》はサクサク、中はふんわり。

この美しい花は、お腹《なか》の中まで魅了《みりょう》する。

そう――月下美人は食べられるのだ。

もちろん無農薬のものに限るけど、これは悠宇《ゆう》と新木《あらき》先生が育てたものだから安心。

アタシはふうっと息をつき、お茶に口をつける。

どうしてアタシは、これを千切ってしまったんだろう……。

二日めの販売会《はんばいかい》は、大成功だった。

金額的には一日めのほうが上だけど、意義が違《ちが》う。

悠宇《ゆう》が求めていたのは、間違《まちが》いなく二日めのほうだ。

アタシは……それを察することができなかった。

深めの小皿を引き寄せる。

月下美人の花びらを剝《は》ぎ、めんつゆに浸《つ》けて食す。

うまい。

えのっちは東京で、悠宇《ゆう》の核心《かくしん》に触《ふ》れた。

アタシはそれを怠《おこた》った。

夏休み、悠宇《ゆう》が東京に行ってると知って、アタシも行くことはできた。

でもやらなかった。

真木島《まきしま》くんの策略を看破することもせずに、のほほんとケーキ屋さんのアルバイトをしていた。

本来なら流行の最先端《さいせんたん》たる東京で、一緒《いっしょ》に経験を共有すべきだったのに。

アタシは悠宇《ゆう》の恋人《こいびと》になったことで、夢のパートナーとしての義務を怠《おこた》ったのだ。

炊飯器《すいはんき》が、ピーっと鳴った。ふたを開けると、もわっとした湯気が立つ。うちの田んぼで育った白米たちは、ぴんと立って芳《こう》ばしい香りを放っていた。

それをお茶碗《ちゃわん》によそい、上から月下美人の花びらをのせる。温まったお出汁《だし》をかけて、天茶漬《てんちゃづ》けにした。

さらさらと口にかき込む。

うまい。

でも、えのっちはした。

悠宇《ゆう》の夢を獲《と》ることが、悠宇《ゆう》のすべてを獲《と》ることだと本能で知ってたんだ。

でも、もう遅《おそ》い。

えのっちが夢を獲《と》っても、アタシは負けない。

アタシは欲《ほ》しいものを手に入れたから。

悠宇《ゆう》の恋《こい》を、絶対に手放さない。


たとえ地獄《じごく》に堕《お》ちようと、この本気の気持ちを貫《つらぬ》いてみせる！

アタシは決意と共に、残りの月下美人の天ぷらを「むしゃあっ！」するのだった。

♣♣♣

休日明け。

俺はいつも通り、学校へと向かった。

下足場に入ったところで、日葵《ひまり》がヨーグルッペを飲みながら待ってるのに気づく。今日も完《かん》璧《ぺき》な美少女っぷりだ。

俺に気づくと、いても立ってもいられずって感じで走ってきた。

「ゆっう～。おっはよーっ！」

「おう、日葵《ひまり》。おはよう」

少しドキリとしてしまった。

一昨日の〝you〟脱退宣言《だつたいせんげん》……あれが尾《お》を引くかと思ったけど、むしろ日葵《ひまり》は晴れ晴れとした様子だった。

両腕《りょううで》を背中で組んで、上目遣《うわめづか》いになぞなぞを繰《く》り出《だ》してくる。

「悠宇《ゆう》。可愛《かわい》いカノジョに対して、何か忘れてないかなー？」

「な、何かって？」

「も～。自分で気づいてくれなきゃ意味ないじゃ～ん♪」

ええ……何か忘れてる？

クリスマスはまだ先だし、日葵《ひまり》の誕生日も四月だ。当分、出番はないだろう。となると、もっと日常的なものかなと結論付け、それっぽいものを記憶《きおく》から引っ張り出してくる。

「えーっと。昨日のライン返してなかったっけ？」

「それは返したから大丈夫《だいじょうぶ》♡」

「じゃあ、アレだ。付き合って二か月？」

「残念、それはもうちょい先♡」

「あ、髪《かみ》、２センチ切った？」

「惜《お》しい！　３センチ！」

「もうそれ正解だろ……」

しかしそれでもないらしい。となると単純に服装のことかな。

文化祭を境に、うちの学校は夏服から冬服になる。おそらくはそれに紐《ひも》づけられたクイズだろうと推測する。

そういえば夏服に変わったとき、榎本《えのもと》さんと二人して見せにきたっけ。

とりあえず日葵《ひまり》の冬服について考える。ブレザーとかスカートは普段《ふだん》通りなので新鮮味《しんせんみ》は薄《うす》いけど、冬服ということは付属品も増えるわけで。

この黄色いマフラー……は、去年と同じやつか。てか、うなじが隠《かく》れる時点で俺的にポイントが低い。となるとクリエイターとして褒《ほ》めるべきは……。

「タイツいいよな」

「変態かよ」

違《ちが》ったらしい。

いや、冷静に考えればそうだよな。なんで正解だと思ったんだ、俺よ。

「降参っす」

素直《すなお》に白旗を上げると、日葵《ひまり》がにまーっと笑った。

そして人差し指で、自分のほっぺたをつんと突《つっ》いた。雪見だいふくみたいなぷにぷにの肌《はだ》を、もちもちとこねる。

「おはようのキ・ス♡」

「新婚《しんこん》さんかよ」

思ったより胃にもたれるやつきたな……。

なるほど、夏休みのアバンチュールモードの再来ってことか。日葵《ひまり》が恋《こい》に専念するなら、そうなっちゃうよな。

応えてあげたい。

でも、ここは登校中の下足場。つまり周囲には同級生がいる。そんな衆人環視《かんし》の中でキスとかヤバすぎる。

「……後じゃダメ？」

「ダーメ♪」

……っすよね。わかってました。

俺が緩《ゆる》やかに拒否《きよひ》ってくるのも織り込み済みとばかりに、日葵《ひまり》はあるものを掲《かか》げて見せてきた。それは——。

「俺のスリッパ⁉」

「んふふー。スリッパくんは預かった！」

あまりの策士ぶりに、俺は驚愕《きょうがく》の表情になった。

スリッパがないと、ここから先には進めない。強制的に、ここでおはようのキスをしなくてはいけなくなる。

なんと卑劣《ひれつ》な……と周囲の生徒たちも固唾《かたず》を呑《の》んで見守っていた。

「いい、悠宇《ゆう》？　アタシは恋人《こいびと》っぽい学生生活を守るためには、悪魔《あくま》にも魂《たましい》を売ることにしたから」

「とりあえず長引けば俺が恥《は》ずかしいことはわかった……」

とはいえ、すでにけっこうな人数の生徒が集まってしまっている。このまま長引けば、さらに観客が増えること請《う》け合《あ》いだ。

てか、みんな暇《ひま》すぎないか？　マジで教室行ってくれよ……。

「ほれほれ～。このままじゃ、靴下《くつした》が真っ黒に汚《よご》れちゃうぞ～」

「脅《おど》しがしょっぺえ……」

俺は打開策を探して、周囲に視線を泳がせる。

すると視界の隅《すみ》に、見知った人影《ひとかげ》を見つけた。俺はそれに気づくと、日葵《ひまり》に気づかれないようにアイコンタクトで助けを求める。

『榎本《えのもと》さん、ヘルプ！』

榎本《えのもと》さんが野次馬の後ろから、げんなりした顔で応えた。

『ゆーくん。何やってるの……？』

『かくかくしかじか』

『ええ……』

いや、マジでちゃんと意思が通じてるのやばいな？

これが共通の友人に迷惑《めいわく》をかけられてきたシンパシー……とか思っていると、ふいに榎本《えのもと》さんが親指を立てる。

それをくるっと下向きに回転させた。

『やれ』

『は？』

『や・れ』

『マジかよ……』

『ひーちゃん、どうせ言っても聞かないじゃん。さっさとやる』

『は、はい……』

俺の新しい運命共同体《しんゆう》は、恋人《こいびと》との生活には関与《かんよ》しない方向らしい。

こうなったら、やるしかない。そして教室に行くんだ。なんで教室行くだけでこんな悲壮《ひそう》な決意を固めてんのか意味わかんねえけど、これも日葵《ひまり》と恋人《こいびと》として生きていくために必要な愛情表現ってやつだ。ぶっちゃけ場所がここじゃなかったら、普通《ふつう》にキスはしたいし。

決死の頬《ほお》キスを仕掛《しか》けるべく、日葵《ひまり》の両肩《りょうかた》を引き寄せた。

すると日葵《ひまり》がちらっと俺を見る。

そして一瞬《いっしゅん》の後――カウンターキスで唇《くちびる》を奪《うば》われた！

「すげえ！」

「やりやがった！」

なぜか周囲の生徒たちが沸《わ》いた。

「ひ、日葵《ひまり》……っ⁉」

俺が完全にテンパっていると、日葵《ひまり》がしてやったりという感じでにやにやしている。

そしてお決まりのぷはり攻撃《こうげき》を放った。

「ぷっはーっ。悠宇《ゆう》ってば恥《は》ずかしがってやんのーっ！」

「恥《は》ずかしいに決まってるだろ！　おまえ、自分も顔真っ赤じゃねえか！」

日葵《ひまり》は満足げに謎《なぞ》のガッツポーズを決める。

「ノー倦怠期《けんたいき》・ノーライフ！」

「それだと倦怠期《けんたいき》大好きになっちゃうんですけど……」

これが恋《こい》に振《ふ》り切《き》った日葵《ひまり》の覚醒《かくせい》状態……。

夏休みのアレが、ほんの小手調べだったことに恐《おそ》れ入《い》るのだった。

その日の休み時間。

俺は二年の別の教室を訪《おとず》れていた。具体的に言うと、真木島《まきしま》のクラスだ。

今朝からの日葵《ひまり》の状態……夏休みを越《こ》えたラブラブ見せつけっぷりを相談しているのだ。こいつ基本的に信用ならないけど、俺より恋愛《れんあい》経験豊富なのは間違《まちが》いないからな。

そんな俺の藁《わら》にも縋《すが》る思いで提示した相談を、真木島《まきしま》は一蹴《いっしゅう》した。

「恋人《こいびと》でやると決めたのだから、存分にラブっておけばよいではないか」

「いや、明らかにやりすぎだろ。俺、また笹木《ささき》先生に呼び出されたし……」

「ナハハ。それが男の甲斐性《かいしょう》というものではないか？」

「……真木島《まきしま》のカノジョが同じように観衆の前でキスしてきたらどうする？」

「別れる。即断即決《そくだんそっけつ》。そんな鬱陶《うっとう》しい女に構うほど酔狂《すいきょう》ではない」

「……っすよね」

さすが経験豊富だ。冷めきってて参考にならねえ……。

「俺は別れたくないです」

「ならば、それとなくコントロールするか、受け入れるしかないなァ」

「なんで夏休みより悪化してると思う？」

「おそらく……マーキングであろう」

「マーキング？」

「周囲への威嚇《いかく》と、所有権を周知するための行為《こうい》だよ。グループ内恋愛《れんあい》でよく見られる」

「殺伐《さつばつ》としすぎだろ……」

真木島《まきしま》はからから笑った。

「さて、どうするつもりだ？　日葵《ひまり》ちゃんを抑《おさ》えたいというなら、いくつか手段を授《さず》けてもよいが……」

「……その前に一つだけ聞くけど。おまえがこの前から企《たくら》んでたやつ、まだ終わってないんだろ？」

「まあな。仕込みは済んだから、あとは機が熟すのを待っておる。カレーは一晩経《た》って食べる派なのでな」

「ああ、いいよな。次の日のカレー……」

俺はとびきりの笑顔《えがお》で聞いた。

「真木島《まきしま》の変な計画を避《さ》けるためには、どっちがいいんだ？」

真木島《まきしま》が最高の笑顔《えがお》で返してくる。

「言うと思うのか？」

俺はうなだれた。

「まあ、素直《すなお》に言うと思ってねえけど……」

「じゃあ、どうする？」

「もう日葵《ひまり》の気が済むまで付き合うよ。俺が日葵《ひまり》をコントロールとか無理ゲーだしな」

「ナハハ。ずいぶん潔《いさぎよ》いではないか」

「日葵《ひまり》が恋人《こいびと》に専念するっていうんだから、俺がやめさせるのはおかしいだろ。俺は日葵《ひまり》に愛《あい》想《そ》つかされないように頑張《がんば》ってカレシやるよ」

「そりゃよかったよ。卒業までに黒歴史何個できるかな？」

「…………できるだけ少なくなるように祈《いの》っててくれ」

これまで日葵《ひまり》に頑張《がんば》ってもらった分、俺も報《むく》いなきゃいけないな……。

♣♣♣

そして昼飯の時間。

俺は衆人環視《かんし》の前で、平成ラブコメの最終奥義《おうぎ》を受けていた。

「はい。悠宇《ゆう》、あ～ん？」

「早くも挫《くじ》けそう……っ！」

日葵《ひまり》さん、めっちゃいい笑顔《えがお》じゃん……。

　これまでは科学室で食ってたから恥《は》ずかしさも半減してたけど、恋人《こいびと》になったからには向こうで食べたらダメらしい。よくわからんルールだけど、日葵《ひまり》としては大事なんだろう。おかげで俺はクラスメイトの前で、でかいミートボールを口に突《つ》っ込まれているわけだが。

「うわ、うま」

「でっしょー？」

　日葵《ひまり》がどや顔で胸を張る。

　その手元には、栄養バランスと満足度を両立した弁当があった。

「てか日葵《ひまり》、このお弁当は？」

「んふふー。アタシの手作りだよー♪」

「マジかよ！　日葵《ひまり》、料理勉強してるって言ってたけど、ここまでの……？」

　普通《ふつう》に冷凍《れいとう》食品を詰《つ》め込んだものかと思ってたから、俺は慄《おのの》いた。

　いや、この美味《おい》しさは冷凍《れいとう》食品のそれじゃない。手作り弁当特有のボリュームと満足感。この前まで自他共に認める料理嫌《ぎら》いだった日葵《ひまり》が、俺のために……。

　胸がじーんとなっていると、日葵《ひまり》がいい笑顔《えがお》で言った。

「お母さんが作ったおかずを夜に冷凍《れいとう》して、朝にチンしたの♪」

「ひゅー。手間かかってるぅー」

そんな日葵《ひまり》が大好きだぜ！

もぐもぐとお弁当を平らげて、手を合わせる。

「ご馳走様《ちそうさま》です」

「お粗末様《そまつさま》です」

二人で温かいお茶を飲んでいると、日葵《ひまり》が思い出したように言った。

「ところで悠宇《ゆう》、次の三連休のこと覚えてる？」

「え？　なんだっけ？」

日葵《ひまり》が可愛《かわい》い感じで腕《うで》を揺《ゆ》すってくる。とても可愛《かわい》い。

「文化祭の前に言ってたじゃーん！」

「……あ、そういえば言ってたな」

ずっとアクセのことばかりだったから、息抜《いきぬ》きに市外に遊びに行こうって話してた。

今月は三連休があるし、確かにちょうどいいタイミングかもしれない。

「遊びに行くのはいいけど、どこにしようか」

「んふふー。悠宇《ゆう》にぴったりの場所、ありますよ！」

日葵《ひまり》がスマホで、近隣《きんりん》の町の公式HPを見せてくる。

それは県内屈指《くっし》の紅葉狩《もみじが》りの名所だった。予報によると、あと二週間ほどで見頃《みごろ》らしい。ちょうど三連休に被《かぶ》りそうだ。

「どう？」

「めっちゃいい！　俺、ここ行ってみたかったんだよ！」

「あれ？　むしろ行ったことないん？」

「一度、父さんに聞いてみたんだけどさ。ここ、かなり長い山道を行くから、車じゃなきゃ無理だったんだ。道路も細くて険しいから、歩きで行くのは危ないし……」

「あ、なるほどなー。それなら大丈夫《だいじょうぶ》、うちのお兄ちゃんかお母さんに言えば、車を出してくれるだろうし？」

「でも、わざわざ迷惑《めいわく》かけるのも……」

「ぷはは。気にすんなよー。みんな将来の婿殿《むこどの》に何かしてあげたいんだからさー」

「ありがたい。ありがたいけど、その婿殿《むこどの》マジでやめてほしい……っ！　向こうの女子たちが「家族公認《こうにん》？」「恋人《こいびと》じゃなくてもう夫婦《ふうふ》じゃん」「てか、やっぱ尻《しり》に敷《し》かれてるんだね……」って憐《あわれ》みの視線を……いや、やっぱりって何だよ、やっぱりって。わかってるけど改めて言われるとグサッとくるじゃん。

俺はスマホで、紅葉狩《もみじが》りの写真を見る。

「紅葉狩《もみじが》りか。せっかくだし、高千穂《たかちほ》とかにも行ってみたいな」

「あっちも紅葉《もみじ》、有名だよねー。確かに地図だと、そんなに遠くないけどなー」

「もしかして朝早く出発すれば両方イケるのでは？」

「んー。お兄ちゃんに聞いてみよっか。山道だと、道が曲がってて意外に時間かかったりするからさー」

「まあ、それもそうか。さすがに一日じゃ無理かな……」

どうせなら観光もしたいと思ったんだけど、さすがに高望みが過ぎるな。

……とか諦《あきら》め気味に言っていると、なぜか日葵《ひまり》がニマニマしていた。いきなり顔を近づけてきて、周りに聞こえないような小さな声で耳打ちする。

「三連休だし、ほんとにお泊《と》まりしちゃう?」

「……っ⁉」

俺がぎくっとなると、日葵《ひまり》が口元に手を当ててからかってくる。

「あれれ~? 悠宇《ゆう》くん、今、やらしーこと考えちゃいましたー?」

「か、考えてねえよ! 教室でそういうこと言うのやめろ!」

いや考えたけどね?

しょうがないじゃん、思春期なんだもん。てか、おまえ他人事《ひとごと》じゃないんだから、軽率《けいそつ》に突《つつ》くのやめろ。

とりあえず、と……。

こうして二週間後の連休は、恋人《こいびと》としての紅葉狩《もみじが》りイベントに決定した。

♣♣♣

放課後には、俺の日課が待っている。

いつも通り科学室で花の世話だ。

「日葵《ひまり》、本当に行かないのか？」

「うん。アタシもやることがあるしさー」

「やること？」

日葵《ひまり》が意味深に微笑《ほほえ》む。

「お母さんにカテキョ頼《たの》んで、全力で勉強しよっかなーって」

「勉強？　日葵《ひまり》って成績いいじゃん」

「そういうんじゃなくてさ。夢のパートナーやめても、学歴がいいに越《こ》したことないじゃん？　やりたいことあるわけじゃないけど、いつか何かしたくなったときのためにね」

「まあ、確かにそうだけど……」

やばい、言葉に詰《つ》まってしまった。

日葵《ひまり》が励《はげ》ますように「辛気《しんき》臭《くさ》い顔すんなよ！」と尻《しり》を叩《たた》いてくる。

「将来、悠宇《ゆう》を養ってあげられるようにしなきゃね♪」

「そうならないように、マジで頑張《がんば》ります」

それじゃヒモじゃん……。

日葵《ひまり》と別れて、科学室へ向かう。

少し寂《さび》しいけど、俺はあいつの気持ちを尊重したい。

榎本《えのもと》さんとも、今後の方針は決めた。

(……よし。やるぞ)

科学室に到着《とうちゃく》した。

ドアのカギを開けようとすると、ちょうど榎本《えのもと》さんがやってきた。

「あれ？　榎本《えのもと》さん、今日何かあったっけ？」

「これ、文化祭での販売会《はんばいかい》のデータ。まとめたから、時間あるとき見てて」

「わあ！　ありがとうございます！」

綺麗《きれい》にファイリングされたデータ表を受け取る。

おお、顧客《こきゃく》データやら販売傾向《はんばいけいこう》やらが細かくまとめてある。さすが榎本《えのもと》さん、とても素人《しろうと》の仕事には見えない……。

「ひーちゃんは？」

榎本《えのもと》さんが周りを見回した。

「あ、いや。もうここにはこない、かも……」

榎本《えのもと》さんは興味なさげに「ふーん」と呟《つぶや》いた。

その素っ気ない態度の真意が読めずに、つい口を滑《すべ》らせてしまう。

「あ、そうだ。二週間後、日葵《ひまり》と紅葉《もみじ》狩《が》りに行ってくる」

「……へぇ。そうなんだ」

あ、しまった。

榎本《えのもと》さんも行きたがるかと思ったけど……。

「デート、楽しんできてね」

「え、あっ。……うん。ありがとう」

あっさりと引いた。

……いつもの榎本《えのもと》さんなら、絶対に行きたがると思ったんだけど。

「じゃあ、吹奏楽《すいそうがく》部行くね」

「うん。データ表、ありがとね」

榎本《えのもと》さんはクールに手を振《ふ》って背中を見せた。

でも、途中《とちゅう》で立ち止まって振《ふ》り返《かえ》る。

「ゆーくん。来月のクリスマスまで、何か予定ある？」

「クリスマス？」

突然《とつぜん》の話題に、俺は首をかしげる。

そういえば、もう来月にはクリスマスか……。ここ半年は色々ありすぎて、あまり実感がないかもしれない。

でも、その予定は決まってる。

「クリスマスは日葵《ひまり》と過ごすよ。それまでは普段《ふだん》通りアクセ制作かな。まず花壇《かだん》を整理して、春に販売《はんばい》するアクセの花を準備したい」

ここ最近はずっと新木《あらき》先生から花を仕入れていたし、今回こそは自分で育てた花でアクセを制作したいところだ。

すると榎本《えのもと》さんは「ふうん」と呟《つぶや》いて、意外な提案をしてきた。

「もしクリスマスまで時間ありそうなら、うちでバイトしない？」

「榎本《えのもと》さん家《ち》で？」

洋菓子店《ようがしてん》のバイト？

まさか俺が、可愛《かわい》いエプロンを着て接客を？

似合わなすぎる……と一人で勝手にげんなりしていると、榎本《えのもと》さんがちょっと引きながら言った。

「今年、アルバイトさんが少なくなりそうなの。ゆーくん、手先が器用だし、お母さんがヘルプしてくれると助かるって」

なるほど。裏方か。

「俺、素人《しろうと》だけど……」

「生地《きじ》とかクリーム作りはこっちでやるから、仕上げのデコレーションをお願いしたいの。ゆーくんなら一か月もあれば覚えられると思うんだけど」

「そんな大事なこと任せてもいいの？」

「むしろ、今からうちのアルバイトの人に教えるよりは安心かも」

そういうものか……。

少し考えてみた。洋菓子店《ようがしてん》のバイト……しかも技術を教えてもらえるチャンスだ。こんなチャンスは滅多《めった》にないし、アイデア次第《しだい》ではアクセにも活用できるかもしれない。より実践的《じっせんてき》な販売《はんばい》のいろはを教わることも……。

「わかった。花壇《かだん》の世話と並行《へいこう》でいいなら、ぜひ手伝わせてほしい」

榎本《えのもと》さんがホッとした様子で頷《うなず》いた。

「うん、助かる。その代わり、クリスマス当日はひーちゃん優先だよね？」

「それは……はい」

「ううん。ゆーくんが決めたならいいよ。クリスマスケーキの注文も、前日までにだいたい片が付くし」

榎本《えのもと》さんは「お母さんに言っとくね」と言って、今度こそ吹奏楽部《すいそうがく》の練習へと行ってしまった。

「洋菓子店《ようがしてん》のバイトか。……夏休みの短期バイトもあったし、日葵《ひまり》もやるかな？」

日葵《ひまり》は夏休みに楽しかったって言ってたし、せっかくなら二人でやったほうがいいかもしれない。バイトの帰りに一緒《いっしょ》に飯食いに行ったりするの、なんか恋人《こいびと》っぽくていいよな。

小遣《こづか》いができれば冬休みに一緒《いっしょ》に遊びにいけるし、アクセ以外でも日葵《ひまり》を満足させてやれるはず……。

さっそくスマホで、日葵《ひまり》にメッセージを……。

「…………」

そこまで考えて、自分の頭を小突《こづ》いた。

……悪い癖《くせ》だ。日葵《ひまり》は恋人《こいびと》としての生活を選んだ。俺のことだから、日葵《ひまり》を放ってバイトに夢中になってしまう可能性もある。

また日葵《ひまり》のことほったらかしにして寂《さび》しい思いをさせるのはダメだ。でも、日葵《ひまり》のためにも小遣《こづか》いはほしいし……。

「……とりあえず日葵《ひまり》に、バイトの許可だけもらっとこう」

さっそくラインでメッセージを送り、その点だけ日葵《ひまり》の意見を仰《あお》ぐのだった。

♣♣♣

二週間後、土曜日。

その昼頃《ごろ》に、俺と日葵《ひまり》は軽自動車に揺《ゆ》られていた。

紅葉《もみじが》狩り当日だ。

後部座席の日葵《ひまり》が、元気よく声を上げた。

「さーて！　一泊《ぱく》二日、紅葉《もみじが》狩り行脚《あんぎゃ》の始まりだーっ！」

「マジでお泊《と》まりになった……」

「んふふー。せっかくシーズンの三連休だしなー。お兄ちゃんに相談したら『地元にいくつも名所があるのに、一か所だけでは物足りないだろう？』って言われてねー。ついでに一帯をぐるっと回って、存分に観光を楽しんじゃうぞーっ！」

「まあ、俺は嬉《うれ》しいんだけど……」

運転席の雲雀《ひばり》さんが、柔《やわ》らかく笑った。

「ハッハッハ。咲良《さくら》くんのお許しも出たんだし、今は楽しもうじゃないか」

今日はタートルネックのニットにチノパンという休日用スタイルだ。着てるものは俺と大差ないはずなのに、雲雀《ひばり》さんが着るとユニクロのＣＭみたいに決まってるのは何でだろう。

「貴重なお休みなのに、迷惑《めいわく》かけてすみません」

「迷惑《めいわく》だなんてとんでもない。僕にも命の洗濯《せんたく》は必要だからね」

「そう言っていただけると。あ、ちなみに仕事とかは……」

雲雀《ひばり》さんが歯をキランッと輝《かがや》かせる。

「週明けの会議で必要な書類が三十枚ほどあったけど、後輩《こうはい》に丸投げしてきたよ♪」

「愚問《ぐもん》でしたね。すみません……」

「本当に大事な会議だからね。もし書類が完成しないということになっては、ここ二年ほどの働きが水泡《すいほう》に帰してしまう。フフッ、後輩《こうはい》の成長を見るいい機会だ」

「フラグにしか聞こえない……」

いや、さすがに大丈夫《だいじょうぶ》だよな？

俺が嫌《いや》な予感を覚えていると、後部座席から日葵《ひまり》が顔を出す。

「もう、お兄ちゃん！　悠宇《ゆう》とイチャイチャしすぎ！」

「黙《だま》っていろ。今日は僕が悠宇《ゆう》くんを独占《どくせん》する日だ。あと、ここからは道が狭《せま》い。危ないからシートベルトをしていなさい」

「そんなこと言って……」

ガタン、と車が揺《ゆ》れた。

……おお、何かに乗り上げたな。

「雲雀《ひばり》さん、今のは？」

「落石を踏《ふ》んだのだろうね。僕としたことが見落としてしまった」

振《ふ》り返ると、後部座席で日葵《ひまり》が悶《もだ》えていた。

「ひ、ひた、はんだ……っ！」

「なんて？」

雲雀《ひばり》さんがため息をつく。

「騒《さわ》いでいたから、舌を噛《か》んだんだろう。だからシートベルトをしろと言ったのに……」

しばらく川沿いの細い車道を行く。

車一台分の幅《はば》しかないところが多く、対向車をやり過ごすのも大変だった。山道というのもあって、道も少し荒《あ》れているようだ。

「観光名所と聞いていましたけど、こんな秘境っぽいところだったんですね。確かにこんな場所なら、一日で全部回るのは無理そうだ……」

「そうだね。僕も話には聞いていたが、自分で運転していくのは初めてだ。母さんは何度か通ったらしいから、その助言に従って車を借りてきてよかった」

「それで今日は、いつもの外車じゃなかったんですね。ちなみに郁代《いくよ》さんも、紅葉狩《もみじが》りに来たんですか？」

雲雀《ひばり》さんがにこっと微笑《ほほえ》んだ。

「ここは大自然の猛者《もさ》たちが住まう場所だからね」

「あ、そういう……」

先日の、猟銃《りょうじゅう》を担《かつ》いでいる郁代《いくよ》さんを思い出した。

こんなに自然が綺麗《きれい》な場所なのになあ。あなたとわたし、同じ場所にいても見ているものは違《ちが》うの……エモいＪ・ＰＯＰソングかよ。

しばらく行くと、細い車道沿いに年季の入った住宅が並ぶ光景があった。

「ここら辺、山沿いに綺麗《きれい》な石垣《いしがき》がたくさんありますね」

「土地に傾斜《けいしゃ》があるから、石垣《いしがき》を積んで家を建てたんだろうね。棚田《たなだ》も美しいし、ここは日本の棚田《たなだ》百選にも選ばれているんだよ」

「うちの地元、こういうところ地味に多いですよねえ」

そんな話をしていると、やがて目的地に到着《とうちゃく》した。

「悠宇《ゆう》くん。ここが第一の観光名所だよ」

「おーっ！」

「すっげえ……」

見立渓谷《みたてけいこく》。

県内随一《ずいいち》ともいわれる紅葉狩《もみじが》りの名所だ。

広い渓流《けいりゅう》の両側を真っ赤に染める紅葉《もみじ》並木は圧巻で、それが風に舞《ま》い散《ち》る様子は風流の一言に尽《つ》きる。

見れば、同じように見頃《みごろ》の紅葉《もみじ》を楽しみにきている観光客も多かった。俺たちは駐車場《ちゅうしゃじょう》に車を停《と》め、その絶景を眺《なが》める。

「すごいですね。こんなに紅葉《もみじ》が密集してるところ、初めて見ました」

「うーん、見事だね。あと一週間遅《おく》れたら落ち切っていたかもしれない。絶妙《ぜつみょう》なタイミングだった」

雲雀《ひばり》さんがそう言いながら……なぜかよろめいた。慌《あわ》てて身体《からだ》を支えると、彼は「済まないね」と苦笑《くしょう》する。

「……ふう。よし、それじゃあ、僕はしばらく紅葉《もみじ》が少ない場所で待機しているよ。観賞を終えたら、連絡《れんらく》してくれ」

「え？　一緒《いっしょ》に紅葉《もみじ》、見ないんですか？」

「フッ。本当はそのつもりだったんだが……」

そこで気づいた。

雲雀《ひばり》さんの顔色が悪い。もしかして、体調が悪かったのか？

それはあり得る。雲雀《ひばり》さんほど忙《いそが》しい人だ。今日の時間を空けるために、無理をしてくれたのかもしれない。俺たちの我儘《わがまま》に付き合わせて、申し訳ないな……。

俺が本気で心配していると、雲雀《ひばり》さんはフッと微笑《ほほえ》んだ。

「紅葉《もみじ》を見ていると、余計な顔がちらついてね。ちょっと冷静でいられなそうだ」

「東京の悪いお姉さんのトラウマが深すぎる……」

紅葉狩《もみじが》りにきてこんな風になるのレアケースすぎんだろ。

脂汗《あぶらあせ》を浮《う》かべて車を運転していく雲雀《ひばり》さんを見送り、俺と日葵《ひまり》はとりあえず周囲を散策することにした。

「雲雀《ひばり》さん。あれで明日まで持つのかな……」

「さあ？　お兄ちゃんだし、根性《こんじょう》でどうにかするんじゃない？」

駐車場《ちゆうしやじよう》近くに広場があり、まずそこで記念写真を撮《と》る。ここではこの季節、年に一回、地元のお祭りも開催《かいさい》されるらしい。

で、その広場がすごかった。

大地をびっしりと紅葉《もみじ》が埋《う》め尽《つ》くしている光景は、他の場所ではなかなか拝めないものだ。

「紅葉《もみじ》の真っ赤な絨毯《じゆうたん》みたいだ……」

「ここまで綺麗《きれい》だと、寝転《ねころ》がりたくなっちゃうねー」

「確かに！」

やりたい！　大の字になって俺がいたという証《あかし》を刻みたい！

俺がそわそわしていると、日葵《ひまり》が苦笑《くしよう》しながら引っ張っていく。

「はーい。他の人たちもいるから、迷惑《めいわく》になることしちゃダメだよー」

「ぐぬぬ……」

尤《もっと》もなので、素直《すなお》についていった。

観光地らしく、橋の脇に周辺の散策マップがあった。それによると、ここから川沿いにウォーキングコースがあるらしい。

「へえ。川に沿ってぐるっと一周するルートか」

「全長三キロ……まあ、歩いて1時間くらいかなー?」

「山道だからもうちょっとかかりそうだけど……とりあえず行ってみて、難しそうだったら引き返そうか」

言いながら、ウォーキングコースに入る。山と河川《かせん》に挟《はさ》まれた歩道を辿るルートになっていた。

色づいた紅葉《もみじ》並木の下をくぐっていく光景は、まさに桃源郷《とうげんきょう》への入口だ。

「すげえ。これ、マジで絶景!」

「悠宇《ゆう》がそんなにスマホで写真撮《と》りまくってるの、初めて見たかもなー」

いやいや、これは撮《と》っちゃうだろ。

対岸の道路を見ると、同じように紅葉《もみじ》目当ての愛好家たちがカメラを抱《かか》えている。ガチな装備で臨《のぞ》んでいる人もいて、ちょっと憧《あこが》れてしまう。

その撮《と》り方を参考にしながら、日葵《ひまり》が紅葉《もみじ》の下から大空をバックに写真を撮《と》る。

「わあーっ！　めっちゃエモい写真撮《と》れちゃった！」

「いいな、それ。なんか紅葉《もみじ》が空に落ちていくみたいだ……」

「パソコンの背景写真にありそう」

「情緒《じょうちょ》が……」

　美しい渓流《けいりゅう》と紅葉《もみじ》が織りなす絶景の中、日葵《ひまり》と並んで歩く。

「清流が綺麗《きれい》だから、水面に映ってる紅葉《もみじ》も綺麗《きれい》だな。川の中に紅葉《もみじ》があるみたいだ」

「んふふー♪」

「日葵《ひまり》？　どうした？」

「悠宇《ゆう》のことだから、この紅葉《もみじ》をアクセにしたいーとか思ってんのかなーって♪」

「ああ……」

　紅葉《もみじ》がひらひらと舞《ま》い落ちて、日葵《ひまり》の頭にのった。それをつまみ上げて、改めてその美しさに感動する。

　確かにこんなに綺麗《きれい》な紅葉《もみじ》、アクセにできたら嬉《うれ》しいけど……。

「そういう気持ちもあるけど、今日はいいかな」

「え？　いいの？　こんな綺麗《きれい》な紅葉《もみじ》、なかなかないよ？」

「採取用の容器とか持ってきてないし。それに……」

　俺は日葵《ひまり》に笑いかけた。

「今日は日葵《ひまり》との恋人《こいびと》の日だからさ。俺の趣味《しゅみ》はまた今度な」

「………………」

　すると日葵《ひまり》。

　急に顔をボッと赤らめた。

「ぷっひゃーっ！　なんだなんだ、いきなりアタシを喜ばせるテク磨《みが》いてんなよーっ！　照れるじゃんもーっ！」

「痛い痛い痛い。ビシバシ叩《たた》くのやめて……」

　照《て》れ隠《かく》しにしても、もっと可愛《かわい》げがある感じにしてくれませんかねえ。こいつ攻撃《こうげき》力は高いけど、防御《ぼうぎょ》は相変わらず紙装甲《そうこう》だよな。

　まったく情緒《じょうちょ》がねえなあとか思ってると、急に手を握《にぎ》ってきた。

　日葵《ひまり》は嬉《うれ》しそうに、指に力を込《こ》める。

「ぷへへ♡」

「さ、山道だから危ないぞ」

「あっれー？　悠《ゆう》宇くん、自分から攻《せ》めてきたくせに、反撃《はんげき》にはよわよわ雑魚《ざこ》助《すけ》くんですかー？」

「うっぜえ。やってやるよ。転んでも知らねえからな」

「そのときは、悠《ゆ》宇《う》を下敷《したじ》きにするから大丈夫《だいじょうぶ》♪」

「情緒《じょうちょ》……」

一段と紅葉《もみじ》が鮮《あざ》やかな場所があった。

森林が左右に開けて、天然の広場のようになっている。レジャーシートとか持ってきて、ここで弁当を広げてもよかったかもしれない。

「おー。ここ、さらにすごいな……」

「悠宇《ゆう》、もっかい写真撮《と》ろ？」

「そうだな。何回でも撮《と》ろう」

「んふふー。どうせだし、思い出に残るような写真にしたいよねー」

「ええ。それは何でもよくね？」

「まあまあ。ここは騙《だま》されたと思って」

日葵《ひまり》がごにょごにょと提案してくる。

「え、マジで？」

「マジで♪」

紅葉《もみじ》をバックに、二人で手を合わせて『♡』を作る。

「…………」

ぐはあ……っ。

なんてこっ恥《ぱ》ずかしいポーズをチョイスするんですかね。一気にライフゲージ持ってかれた感じだ。

でも日葵《ひまり》はご機嫌《きげん》そうに笑って、スマホを構える。

「アタシたち、ずーっと色褪《いろあ》せない二人でいようね♡」

「おー……」

いい写真だった。

鮮《あざ》やかな紅葉《もみじ》と、日葵《ひまり》の快活さのグラデーションが絶妙《ぜつみよう》だ。俺の口元は引きつってるけど、それはしょうがない。

こういう場合、日葵《ひまり》が可愛《かわい》ければいい。野郎《やろう》の顔は問題ではないのだ。

（まあ、日葵《ひまり》が楽しそうなのが一番だな）

文化祭の〝you〟脱退《だったい》宣言から、日葵《ひまり》が気落ちしていないか心配だった。

でも恋人《こいびと》生活を楽しんでるみたいだし、それは杞憂《きゆう》だったんだと悟《さと》る。あとは俺がしっかりしていれば問題ないはずだ。

新たな決意と共に、ぐっと拳《こぶし》を握《にぎ》る。

「恋人《こいびと》として、日葵《ひまり》を大切にしていくって決めたからな」

「…………」

あれ？

なんか日葵《ひまり》が、すげえ顔で俺を見ている。

「え？　何？」

「……悠宇《ゆう》、今の声に出てたかも」

俺はしばらく固まった。

そして出来立てほやほやの新たな黒歴史に悶《もだ》える。

「……そろそろ急ごう！　山の天気は変わりやすいっていうし！」

「そ、そだね！　アハハ……」

それから気まずい雰囲気《ふんいき》のまま、ウォーキングコースを進んでいった。

無事に一周した頃《ころ》には、てっぺんにあった太陽が少し傾《かたむ》きかけている。紅葉《もみじ》の樹《き》の影《かげ》も、さっきより伸《の》びていた。

「に、2時間かかったな……」

「やっぱ山道は険しいねー。早めにきてよかったかも」

「雲雀《ひばり》さん、待ちくたびれてないかな」

「その前に、紅葉《くれは》さんの呪《のろ》いでライフ0になってなきゃいいけどなー」

冗談《じょうだん》で済まなそうなのが質《たち》が悪かった。

スマホで電話しようとしたところで、ふと気づく。

「日葵《ひまり》、電波が……」

「うーわ！　全然アンテナ立ってない！」

さすが秘境……。

このままじゃ歩いて帰るしかない……と電波が立つところを探していると、向こうから軽自動車がやってきた。

運転席にいるのは、もちろん雲雀《ひばり》さんだ。

「雲雀《ひばり》さん！」

「お兄ちゃん、ナイスタイミングーっ！」

雲雀《ひばり》さんは運転席の窓を開けると、サングラスを外して歯をキラーンッと輝《かがや》かせた。

「電波が通じないのに気づいて、様子を見にきたんだ。ちょうどよかったみたいだね」

「ありがとうございます。さっきウォーキングコースから戻《もど》ってきて……ん？」

雲雀《ひばり》さんは、まだ顔が真っ青だった。

苦しそうに呻《うめ》きながら、助手席のドアを開ける。

「悠宇《ゆう》くん。はやく……」

「わ、わかりました！」

慌《あわ》てて乗車すると、すぐに車を出した。

紅葉《もみじ》が多い場所を離《はな》れると、少し体調が回復したようだ。……いや、マジで紅葉《くれは》さんの呪《のろ》いが強すぎないか？　高校の恋愛《れんあい》のイザコザってこんなん？　地獄《じごく》かよ……。

「雲雀《ひばり》さん。やっぱり紅葉狩《もみじが》り行脚《あんぎゃ》は諦《あきら》めて、今日は帰ったほうが……」

「いいや、続行する。大丈夫《だいじょうぶ》だ、宿で休めば回復する」

「でも週明けの会議に響《ひび》くとよくないですし。あ、ここにくる途中《とちゅう》の道の駅、リニューアルして綺麗《きれい》になったたって聞きました。咲姉《さくねえ》さんが季節のマロンソフトが美味《おい》しいって言ってたし、そこに寄って美味《おい》しいものでも食べれば……」

「悠《ゆう》宇くんが僕のことを案じてくれているのはわかる。でも、やらなきゃいけないんだ！」

まさに悲壮《ひそう》だった。

紅葉《もみじ》狩《が》りって、こんな命《いのち》懸《が》けでやるものだったっけ……？

「雲雀《ひばり》さん。なんでそこまで……？」

「…………」

雲雀《ひばり》さんは真剣《しんけん》な表情だった。

ふうっと息をつくと、静かに語り出す。

「悠《ゆう》宇くん。一つだけ難しい話をしよう」

「は、はあ……」

「世界は辻褄《つじつま》合わせで成り立っている。森林を伐採《ばっさい》しすぎれば災害に繋《つな》がり、富は回すことで経済を豊かにする」

「確かに難しい話ですけど、まあ、なんとなくわかります」

その話を、今する理由はわからんけど。

「つまり一方だけを重くすることは、世界の均衡《きんこう》を崩《くず》すことにつながるんだ。それは同時に、世界の崩壊《ほうかい》への序曲になる」

「そ、そうかもしれませんね……」

「世界の平和のために、ここは辻褄《つじつま》を合わせる必要があると思うんだ」

「は、はあ。……え、さっきから何の話ですか？」

雲雀《ひばり》さんがサングラスを外した。

そして世界の女性すべてを虜《とりこ》にしそうなほどの極上《ごくじょう》スマイルを浮《う》かべる。

「夏休み、あの性悪《しょうわる》な魔女《まじょ》が、成り行きとはいえ悠宇《ゆう》くんとお泊《と》まりしたんだ。僕も同じことをやらなきゃ、紅葉《くれは》くんに負けたことになってしまうだろう？」

「クールな笑顔《えがお》で何を言ってんですか……」

なるほど、動機はわかった。この人、俺と遊ぶついでに紅葉《くれは》さんへの対抗《たいこう》意識を燃やしてるのだ。マジで高校の恋愛《れんあい》のイザコザって根深すぎる……。

俺がげんなりしていると、後部座席の日葵《ひまり》が言った。

「お兄ちゃん。そんなことよりも、今夜の部屋どうなってるの？　もちろんアタシと悠宇《ゆう》が一緒《いっしょ》だよねー？」

「何を言っている？　一部屋しか取っていないぞ」

「ええ。お兄ちゃんも一緒《いっしょ》の部屋なのー？　うへー、やだなー」

「愚妹《ぐまい》め。僕と悠宇《ゆう》くんだけに決まっているだろう」

「……じゃあアタシは？」

雲雀《ひばり》さんが平然と言った。

「おまえは車中泊《しゃちゅうはく》だ」

「殺生《せっしょう》な⁉」

どうりで後ろに寝袋《ねぶくろ》積んでるはずだよ。絶対に紅葉《くれは》さんへの八つ当たりじゃん……。

そしてなぜか、俺のほうにも火の粉が飛んできた。

「じゃあ悠宇《ゆう》も一緒《いっしょ》に車中泊《しゃちゅうはく》しよ！」

「さすがにそれはちょっと……」

「もう！　このままじゃ悠宇《ゆう》の貞操《ていそう》のピンチだよ⁉」

「誰《だれ》から？　ねえ、誰《だれ》から奪《うば》われちゃうの？」

「このラブコメ主人公めーっ！」

「恋人《こいびと》とその兄に挟《はさ》まれるとかどういうラブコメだよ……」

全方向総受けにしてもやりすぎだろ。

結局、日葵《ひまり》も一部屋取ってもらえることになった。

とりあえず、次に紅葉《くれは》さんに会ったときにはクレームが必要ですね……。

♣♣♣

すっかり夜も更《ふ》けた頃《ころ》。

高千穂《たかちほ》にある、とある宿にチェックインした。

ここは花をモチーフにした宿泊施設《しゆくはくしせつ》だという。その売り文句に違《たが》いはなく、至る所に綺麗《きれい》な花が飾《かざ》ってあった。

エントランスの囲炉裏《いろり》や、紅《べに》色の欄干《らんかん》を、淡《あわ》いオレンジ色の照明が照らしている。外見は普《ふ》通《つう》の民宿旅館という感じだったので、この雅《みやび》やかな内装には驚《おどろ》いた。

その宿の特別室で、俺は感動に悶《もだ》えていた。

「こ、こんな穴場スポットがあったなんて……っ!」

雲雀《ひばり》さんが温かいお茶を飲みながら、朗《ほが》らかに笑った。

「気に入ってくれてよかった。ここも母さんに薦《すす》められてね。建物は年季が入っているが、手ごろな価格で食事は美味《おい》しいしサービスも行き届いている。立地も悪くない」

「何より花がいいですね。一生、ここに泊《と》まっていたいです……」

「ハハ。悠宇《ゆう》くんは揺《ゆ》るがないなあ」

穏《おだ》やかな男同士の会話を楽しんでいると、ふいに雲雀《ひばり》さんが隣室《りんしつ》のほうを見た。

この壁《かべ》の向こうでは、日葵《ひまり》が一人でのびのびと部屋を使っているはずだ。もしかしたら、もう寝《ね》てるかもしれない。

「悠宇《ゆう》くん。日葵《ひまり》とは恋人《こいびと》としてやっていくことにしたんだって？」

「あ、……はい」

雲雀《ひばり》さんと、改めてこの話をするのは初めてだった。

なんとなく気まずかった。

雲雀《ひばり》さんには俺と日葵《ひまり》が運命共同体《しんゆう》としてやっていくことに関して、色々と応援《おうえん》してもらってきた。恋《こい》にうつつを抜《ぬ》かした、と思われてもおかしくない現状に、俺は後ろめたいものを感じてしまったのだ。

しかし雲雀《ひばり》さんは、穏《おだ》やかに話を進めてくれた。

「きみはそれで悔《く》いはないのかい？」

「はい、もちろんです」

それには、はっきりと答えた。流されるように関係が変わったかもしれないけど、俺が日葵《ひまり》のことを好きなのは本当だ。

雲雀《ひばり》さんはうなずいた。

「そうか。……いや、誤解しないでくれ。それがきみたちの決めた道なら、僕は何も言わない。もし〝you〟の活動に支障が出たら、僕がフォローするからね」

「あ、ありがとうございます……」

たぶん本気で言ってるんだよなあ……。

俺が過保護な圧を感じていると、雲雀《ひばり》さんがため息をついた。

「ただ、心配もあってね」

「心配？」

「恋人《こいびと》になったとしても、日葵《ひまり》が落ち着いてくれるとは思えなくてね」

「具体的には……？」

雲雀《ひばり》さんは肩《かた》をすくめる。

「あれは自分で作ったルールを自分で破るのが好きな子だろう？　この先、またトラブルを起こして悠宇《ゆう》くんに迷惑《めいわく》をかけないか不安なんだ……」

「あー、それはまあ……それも日葵《ひまり》のいいところですよ」

「ハハ。悠宇《ゆう》くんは寛大《かんだい》だな。僕だったらもう100万回は地獄《じごく》送りを考えているところだ」

「え、冗談《じょうだん》ですよね？」

「…………」

「冗談《じょうだん》ですよね⁉」

雲雀《ひばり》さんは笑った。流されたようだ……。

「それで決めたんだが……僕はもう、日葵《ひまり》の行動に口を出すことはやめようと思う。凛音《りおん》くんなら〝you〟の活動も任せられるし、これからは見守ることに徹《てっ》するよ」

「はあ……」

「だから悠宇《ゆう》くんには、これまで以上に、日葵《ひまり》のことを考えてやってほしい」

「これまで以上、というと……？」

雲雀《ひばり》さんは、少しだけ真剣《しんけん》な表情になった。

視線をずらして、顎《あご》に手を当てる。まるで言葉を慎重《しんちょう》に選ぶように……雲雀《ひばり》さんがそういう態度を取ることは珍《めずら》しく、俺もつい正座して聞き入る。

「もし日葵《ひまり》が間違《まちが》いそうになったら、僕の代わりに窘《たしな》めてやってくれ。これは僕から、悠宇《ゆう》くんへの最後の課題になる。今後のためには、それが絶対に必要なことだ」

「…………」

その言葉に、俺は目を伏《ふ》せた。

意味はわかる。俺たちはかつて、アクセを売るために運命共同体《しんゆう》になった。それはある意味、俺から日葵《ひまり》に向かう依存《いぞん》のような関係でもあった。

俺の足りない部分を埋《う》めてくれるのが、日葵《ひまり》という存在だ。日葵《ひまり》には恩があって、どんなに友だちといっても、そこには歪《いびつ》なパワーバランスがあった。

でも恋人《こいびと》になった以上、対等でなくてはいけない。でなければ、これは健全な恋人《こいびと》関係とは言えない。

それをわかっているからこそ、日葵《ひまり》は恋人《こいびと》関係になったと同時にアクセ販売《はんばい》から身を引いたのだろう。その上で俺がアクセに時間を割《さ》くことを認めてくれているのだ。

雲雀《ひばり》さんが念を押すように言った。

「ただ相手を甘やかすだけが、本当の愛情じゃない。わかるね？」

「……はい」

俺はしっかりと頷《うなず》いた。

ここで交《か》わした言葉を嚙《か》みしめて、胸に刻む。

雲雀《ひばり》さんは安心したように笑った。

「まあ、正式に義弟《おとうと》になった暁《あかつき》には、僕のことは存分に甘やかしてくれていいんだよ♪」

「ぶち壊《こわ》しだよ……」

いや、空気を和《なご》ませてくれようとしてるのはわかるんだけどね。……え、和《なご》ませてくれようとしたんだよね？

とにかく、その優《やさ》しさに俺は心を打たれた。

「雲雀《ひばり》さん。もしかして改めてこの話をするために、今日はこうやって外泊《がいはく》をセッティングしてくれたんじゃ……？」

「いや？　僕が悠宇《ゆう》くんとお泊《と》まりしたかっただけだよ。この話はついでだ」

「雲雀《ひばり》さん……」

台無しだよ。

いつも「日葵《ひまり》と雲雀《ひばり》さん、本当に血が繫《つな》がってる？」って思ってるけど、こういうところマジで兄妹《きょうだい》じゃん……。

「さて。それじゃあ、今夜はどのアニメを観《み》ようか。この『ぼっち・ざ・ろっく！』はどうだろう。バンドものだが、音楽に興味ない悠宇《ゆう》くんでも楽しめるはずだ。うちの地元の書店に、登場キャラクターの等身大パネルがやってきて……」

「アニメ鑑賞《かんしょう》なら、家でもできるのでは？」

「フッ。最近は、祖父《じい》さんが特に煩《わずら》わしくてね。前回、わざわざ夜更《よふ》かしして覗《のぞ》いていたのを気づいていたかい？」

「俺って犬塚《いぬづか》家の何なんですか……」

なんか最近は婿殿《むこどの》を通《とお》り越《こ》してお大臣扱《あつか》いなんだが。

話がひと段落ついたとき、雲雀《ひばり》さんのスマホが鳴った。

「ん？　もしかして日葵《ひまり》かな？」

失礼、と言って電話で話しているのを聞くと、どうやら仕事の連絡らしい。休日のこんな遅《おそ》い時間ってことは緊急《きんきゅう》かな？

俺が声を潜《ひそ》めていると、何やら会話の雲行きが怪《あや》しくなってくる。それを裏付けるように、雲雀《ひばり》さんが真っ青な顔で繰《く》り返《かえ》した。

「か、会議の書類がビリビリに破け散った……？」

はい？

あまりにあんまりな言葉に、俺もびくっとなる。

「どういうことだい？　…………ああ、そうなのか。……いや、きみが言うなら本当のことだろう。疑ってはいないよ。……対応を考えて、すぐ連絡《れんらく》する」

穏《おだ》やかに通話を終えると、ふうっと息をついた。

深刻そうに項垂《うなだ》れる雲雀《ひばり》さんに、恐《おそ》る恐《おそ》る事情を聞く。

「書類を持って帰るとき、飲酒運転の車に突《つ》っ込まれたらしい。本人は無事だったが、書類とUSBの入った鞄《かばん》が無残なことに……」

「それは悲惨《ひさん》ですね……」

……え？　もしかして俺のせい？

俺が昼間、フラグとか言っちゃったせいなの？　マジで？

「す、すみませんでした」

「ハハ。悠宇《ゆう》くんのせいじゃないよ……」

雲雀《ひばり》さんは笑うけど、どうにも力が抜《ぬ》けていた。確か二年かけた仕事だって言ってたよな……。

「例の後輩《こうはい》だが、これがよくあることなんだ。真面目で優秀《ゆうしゅう》なところは高く評価しているのだが、どうも間が悪い子でね。ドジっ子というか、不幸体質というか。まあ、怪我《けが》がなくてよかったよ」

「ど、どうするんですか？　大事な書類なんですよね？」

雲雀《ひばり》さんの話だと、週明けの重要な会議に必要ということだった。

「データさえあれば作成するのは難しくないんだが……」

「でも、そのＵＳＢもなくなったのでは？」

「……いや、あるんだよ」

雲雀《ひばり》さんは、ふうっと息をつく。

「え？」

自身の鞄《かばん》を持ちだすと、それを開ける。

その中には薄《うす》いノートパソコンが収まっていた。

「ここにある」

「わあ……」

なんてことだ。

それは、つまり……。

「ここでも仕事がやれてしまうということだ！」

「な、なんだってーっ⁉」

ピシャーッと稲妻《いなずま》のようなものを幻視《げんし》する。

さすがはデキる社会人だ。

いつでもトラブルに対して動けるようにしているなんて……俺もこんな立派な大人になれる日がくるんだろうか。

雲雀《ひばり》さんはテーブルに準備を済ませると、俺に言った。

「悠宇《ゆう》くん。悪いが、しばらく日葵《ひまり》の部屋に移ってもらえないか？」

「え。気が散るようでしたら、俺はもう寝《ね》ますけど……」

雲雀《ひばり》さんは首を振《ふ》った。

そして悲しそうな笑《え》みを浮《う》かべると――その頬《ほお》に一筋の涙《なみだ》が伝う。

「きみには、僕のこんな姿を見せるわけにはいかない……」

「普段《ふだん》、どんな仕事してるんですか……？」

この人、市役所勤務だよね？　実は裏社会の掃除《そうじ》人《にん》とかじゃないよね？　なんか目が血走って背後に禍々《まがまが》しい翼《つばさ》みたいなの見えるんだけど？　現代に隠《かく》れ潜《ひそ》む魔王《まおう》なの？

雲雀《ひばり》さんは普通《ふつう》の人間に戻《もど》ると、冗談《じょうだん》めかして笑った。

「それは冗談《じょうだん》として、緊急《きんきゅう》だから通話も多くなるだろうからね。きみが寝《ね》るのを妨《さまた》げてしまうかもしれない。仕事を終えたら、またスマホに連絡《れんらく》を入れよう」

「あ、なるほど。俺がお邪魔《じゃま》になる可能性もありますね……」

「僕としては、きみがチアリーダーの衣装《いしょう》で応援《おうえん》してくれたほうがやる気は出るのだが……」

「野郎《やろう》のチアコスとか誰得《だれとく》ですか？？？」

ヤバい。雲雀《ひばり》さんの義兄《ぎけい》ジョークが、普段《ふだん》より混沌《こんとん》としてる。おそらくマジで事態が切羽詰《せっぱつ》まっているんだろう。

日葵《ひまり》のスマホにメッセージを入れると、すぐに返信があった。起きてて助かる。

「それじゃあ、俺は日葵《ひまり》の部屋で時間を潰《つぶ》してます」

「ああ。済まないね」

俺が立ち上がったとき、ふと雲雀《ひばり》さんが何かを差し出した。

「あ、そうだ。お風呂《ふろ》がまだだろう？　これを持っていくといい」

「え？　あ、ありがとうございます」

風呂《ふろ》？　なんだろう。もしかしてアメニティグッズかな……と思って受け取った。

雲雀《ひばり》さんとお揃《そろ》いのルームウェアだった。

「離《はな》れていても、僕の温《ぬく》もりを忘れないようにね！」

「リアクション困るぅ……」

風呂上《ふろあ》がりにカノジョのお兄さんからもらったシャツ着るとか何なの？　彼シャツならぬ義兄《あに》シャツなの？

俺は逃《に》げるように部屋を移動した。

ドアをノックして、返事を待ってから入室する。

「日葵《ひまり》、ゴメンな」

「んーん。うちのお兄ちゃんのせいだし、いいよー」

日葵《ひまり》は布団《ふとん》に寝転《ねころ》がってスマホをいじりながら、脚《あし》をブラブラさせている。広い部屋を持て余しているようだ。

「日葵《ひまり》。こっちの内風呂《うちぶろ》、使っていい？」

「いいよー。ごゆっくりー」

もこもこのルームウェア姿で、全身からほかほかと湯気が上がっている。どうやら、日葵《ひまり》はすでに風呂《ふろ》を済ませたらしい。

俺も檜風呂《ひのきぶろ》を堪能《たんのう》させてもらう。

家族風呂《ぶろ》なので犬塚《いぬづか》家ほどの広さはないが、やはり旅館特有の風情《ふぜい》があって気持ちいい。俺はゆっくりと足を伸《の》ばした。

「いやあ、雲雀《ひばり》さんには感謝しかないな……」

極楽《ごくらく》、極楽《ごくらく》……とおっさん臭《くさ》いことを口にしながら、ふうっと息をつく。

檜風呂《ひのきぶろ》に、ブクブクと沈《しず》む。

そして息が続かなくなり、バシャッと飛び出した。

「日葵《ひまり》と二人きり、ヤバいのでは……っ!?」

俺は「うおおおおっ」と一人で悶《もだ》える。かなりキモいけど、そんなのに構ってる余裕《よゆう》はなかった。

か、カノジョと宿泊《しゅくはく》先の夜に二人きり……榎本《えのもと》さんとは違《ちが》う……。

そういえば、これまで当然のように一緒《いっしょ》に行動してたけど、お泊《と》まりで遊びにいくことはなかったよな。

日葵《ひまり》の家に何度かお世話になったけど、夜は別々の部屋で過ごしてたし……。

「雲雀《ひばり》さんの仕事が終わるまでだけど……そもそもアレ、今夜中に終わるのか？」

社会人の仕事とか俺にはさっぱりわからないけど、書類が何十枚もあるって言ってた。つまり今夜は、日葵《ひまり》と二人きりの可能性がある。

（ついに超《こ》えてしまうのか……最後の一線……）

いやいや待て。

この状況《じょうきょう》は予定外だし、さすがの日葵《ひまり》もそこまで考えてるわけ……。

いやいやいやいやいや。相手は魔性《ましょう》ですよ？　俺と違《ちが》って男慣れしてるだろうし、俺ごときの思考で行動が読めるはずもない……。

って、んなわけねえじゃん！　むしろこれまでキス止まりなのに、突然《とつぜん》こんな心配しだしてる俺がキモすぎる……。

「よし、ない！　今日はけっこう疲《つか》れたし、案外、すぐ寝《ね》るかも……」

と結論づけながら、俺は風呂《ふろ》を上がった。

しかし内風呂《うちぶろ》のドアに手をかけ、ピタリと止まる。

「……もう一回、身体《からだ》洗っとくか」

いや、期待してるとかじゃなくてね？

今日は山道を歩いたし、入念に洗うに越《こ》したことはない。汗臭《あせくさ》かったら嫌《いや》だし。

義兄《あに》シャツに着替《きが》えて、今度こそ風呂《ふろ》を上がった。

やけに静かだし、もしかして日葵《ひまり》は寝《ね》てるんじゃゃ……うっ。

いつの間にか布団《ふとん》が、二組になっている。

日葵《ひまり》は俺のほうを見上げると、何か気まずそうに視線を逸《そ》らした。その頰《ほお》は上気し、心なしか瞳《ひとみ》は潤《うる》んでいる。

……あれ？　そういうの、ないんじゃないの？

「悠宇《ゆう》。お兄ちゃん、まだ時間かかりそうだね……？」

「お、おう……」

なんでそんなこと確認《かくにん》すんの？

自然にドキドキと胸が高鳴った。え、マジなの？　マジでマジなの……？

日葵《ひまり》は身体《からだ》を起こすと、さりげなく脚《あし》を組《く》み替《か》えた。もこもこルームウェアの短パンから、風呂上《ふろあ》がりの瑞々《みずみず》しい太ももが覗《のぞ》いている。

いかん、つい喉《のど》を鳴らしてしまった。これ聞こえてないよな？　てか、心臓がやばい。これ以上は破裂《はれつ》しそうだ。

日葵《ひまり》はほんのりと頬《ほお》を染めて、意味深な笑《え》みを浮《う》かべる。

俺が緊張《きんちょう》してるのを見抜《みぬ》いている様子だった。それはまさに魔性《ましょう》と呼ぶにふさわしい色気があって、俺はつい対応がぎこちなくなってしまう。

「それじゃあ、悠宇《ゆう》……」

「お、おう……」

経験不足な俺をリードするように、日葵《ひまり》が話を切り出した。少し情けないけど、ここで変に気張ってもロクなことにならないのは経験則で知っている。

てか、マジでするのか……？

ええい。ビビんな。覚悟《かくご》を決めろ、夏目悠宇《なつめゆう》。

俺は日葵《ひまり》を、恋人《こいびと》として幸せにするって決めたんだ！

すると日葵《ひまり》が後ろ手に、何かを取り出した。

Switch だった。

日葵《ひまり》が、ぱあっと眩《まばゆ》い笑顔《えがお》で言った。

「ポケモンしよっか！」

「はーん……」

そういえばこの前、新作出てたなあ……。

俺の氷点下にまで落ちたテンションもつゆ知らず、日葵《ひまり》はウキウキしながらSwitchのスイッチを入れる。あ、ここ爆笑《ばくしょう》ポイントね。

「いやー。これまでアクセ制作中心の生活だったし、こういうやり込み系のゲーム控《ひか》えてたんだよなー♪」

「確かに空き時間に進めようとすると、いつまでも終わらないからなあ」

「今夜はお兄ちゃんのiPadもあるし、映画も見放題じゃん？」

「もう夜食の準備もしとけばよかったな……」

どうやら、完璧《かんぺき》に夜更《よふ》かしを決め込む腹積もりらしい。

明日も紅葉《もみじ》狩《が》りがあるんだけど……とか思いながらも、俺も特に反対はしなかった。日葵《ひまり》が通常運転すぎて、ぶっちゃけ安心したままである。か、勘違《かんちが》いしないでよね、期待してたとかじゃないんだからね！　だから誰《だれ》に対するツンデレだよ……。

「はい、悠宇《ゆう》。やって♪」

「さっそく丸投げとか」

「だってアタシ、人がやってるの見ときたい気分なんだもーん」

「まあ、そういうのあるよな……」

雲雀《ひばり》さんのiPadで映画を流しながら、布団《ふとん》の上でゲームに興ずる。

うーん、なんて穏《おだ》やかな時間だ。てか、日葵《ひまり》がそのつもりなら、とっくにそういうことしてるっつーの。いやあ、変な心配しちゃってバカみたいだなあ。

「日葵《ひまり》。御三家《ごさんけ》どれにする？」

「あ、火の子が最終的に美人ちゃんでよき」

「初手ｗｉｋｉとか現代っ子じゃん……」

いやほんと、いつも通り。

俺たちの平常運転……なんだけどね。

「……なんで日葵《ひまり》、俺の上に乗ってんの？」

さっきからうつ伏《ぶ》せになった俺に、日葵《ひまり》が同じように覆《おお》いかぶさってきている。俺の肩越《かたご》しにSwitchの画面を眺《なが》めながら、日葵《ひまり》がどや顔で言った。

「秘技・ラブラブカップルがゼクシィ見るポーズ」

「世の結婚《けっこん》秒読みカップル、こんなことやってんのかよ……」

「結婚式《けっこんしき》は、国道沿いの交通の便がいいチャペルにしよーね♡」

「選択《せんたく》基準がリアルすぎるマジでやめて……」

軽口を叩《たた》き合いながらも、俺の心臓はドキドキしっぱなしだった。

背中に日葵《ひまり》のやーらかい感触《かんしょく》が伝わってくる。喋《しゃべ》るたびに耳元に吹《ふ》きかけられる風呂上《ふろあ》がりの熱っぽい吐息《といき》が思春期男子にはぎゃーなのである。

「あの、日葵《ひまり》さん。ちょい離《はな》れない？」

「えー？　なんでー？」

「わかってやってんだろ……」

「お、そのリアクションいいねー。もうクラスのみんなに鈍感《どんかん》系主人公なんて呼ばせられないなー♪」

「待って。俺、そんなあだ名で呼ばれてるの？　ねえ、その話マジで詳《くわ》しくお願いします」

堪《こら》えきれずに「ていっ」と身体《からだ》を起こすと、日葵《ひまり》が転がり落ちる。

「悠宇《ゆう》、いきなり何するし！」

「うるせえ。自分の胸に聞けよ」

とりあえず落ち着くために水を飲みたい。冷蔵庫に向かって立ち上がろうとすると、つい足がもつれて日葵《ひまり》の上《うえ》に倒《たお》れてしまった。

「いってえ……あれ？」

なんか日葵《ひまり》の顔が近い。

俺が硬直《こうちょく》していると、日葵《ひまり》がぽっと顔を赤らめる。

「一学期に科学室で、こうやって悠宇《ゆう》に押し倒されちゃったよね♡」

「俺の記憶《きおく》が正しければ、俺が引《ひ》き倒《たお》されたんだが？」

「んふふー。悠宇《ゆう》ってば黒歴史出されて、動揺《どうよう》しすぎて記憶《きおく》改ざんしちゃったのかなー？」

「おまえ都合が悪いとき、徹底的《てっていてき》に話が通じない人のふりするよな……」

俺は大きなため息をついた。

ここまで俺をからかうことに情熱を燃やすの、逆に感心しちゃうな。

「あのな、俺をぷはる絶好のチャンスとか思ってるのかもしんねえけど、さすがにここまで露《ろ》骨《こつ》なのに引っかかるわけ……え？」

突然《とつぜん》、日葵《ひまり》が真剣《しんけん》な口調で言った。

「あのさ、悠宇《ゆう》」

「な、なんだよ……」

すると日葵《ひまり》は、ちょっと躊躇《ためら》いがちに聞いた。

「もしかして、アタシと恋人《こいびと》になったの……後悔《こうかい》してる？」

「………」

それはこの数か月、たまに俺の頭を過《よぎ》ることだった。

文化祭の前にも咲姉《さくねえ》さんと話して、ちょっと考えさせられたし。だから俺の返事は、案外、すんなりと出てきた。

「確かに前の関係が懐《なつ》かしいときはあるよ。気楽な付き合いのほうが楽しいってタイミングも

ある。こういう関係は、もっと自分に自信を持てた後だって考えてたけど……」

俺は日葵《ひまり》の瞳《ひとみ》を、まっすぐ見つめた。

きっと日葵《ひまり》のこういう不安を、ちゃんと取り除くのも恋人《こいびと》としての役割だと思う。

「でも俺は、日葵《ひまり》のことが好きだ。だから絶対に後悔《こうかい》はしてない。それは信じてくれ」

「…………」

日葵《ひまり》がそっと両腕《りょううで》を伸《の》ばした。

俺の身体《からだ》にぎゅーっと抱《だ》き着《つ》くと、嬉《うれ》しそうに言った。

「悠宇《ゆう》。アタシも悠宇《ゆう》のこと好き♡」

「お、おう。ありがと」

うわ可愛《かわ》っ……となって、つい素っ気ない返事になってしまった。やっぱ俺って恋愛《れんあい》レベルは小学生とどっこいだよ。

日葵《ひまり》が耳元で、甘噛《あまが》みするように囁《ささや》いた。

「これからも、アタシのこと離《はな》さないでね?」

「ああ。日葵《ひまり》のこと、ちゃんと摑《つか》んでる」

……前ならここから「ぷっはーっ」が飛んできたんだろうけど。

このずっと浸《ひた》っていたいような甘い幸せが恋人《こいびと》の特権だというなら、やっぱり俺はこっちがいいなと思っていた。

◇◇◇

――ぽちゃんと、天井《てんじょう》の水滴《すいてき》が湯船に落ちた。

アタシはお風呂《ふろ》に浸《つ》かりながら、「ぷへっ」と幸福を噛《か》みしめる。そして一人でキャーッと悶《もだ》えていた。

なんかこういうのいいよね！　ザ・恋人《こいびと》って感じ！　さすがのアタシも、あの空気の中でぷはることは無理でしたよ。悠宇《ゆう》も恥《は》ずかしがって逃《に》げるかなって思ったけど、ちゃんと受け止めてくれたし！

ぷフフ。やっぱり恋人《こいびと》は違《ちが》うよね。親友にはない唯一無二《ゆいいつむに》の幸せがありますよ。えのっちには悪いけど、アタシはこれを絶対に手放さないもんね！

アタシたちは恋人《こいびと》として極《きわ》まった。

きっと悠宇《ゆう》も同じ気持ちのはず。

アタシは確かな手応えを感じていた。悠宇《ゆう》の中でアタシの存在が大きくなるほど、アタシがいない〝you〟の生活に耐《た》えられなくなる。

あとは悠宇《ゆう》が素直《すなお》にアタシに「〝you〟に戻《もど》ってきてくれないか？」って言うだけ。ま、悠《ゆ》宇《う》は意地っ張りだからね。えのっちにも悪いって変な気を使うだろうし、自分からはなかなか言い出せないかもね。

そこはうまいこと、アタシが誘導《ゆうどう》してあげなきゃ。まったく、悠宇《ゆう》ってば昔からアタシがいないと何もできない甘ちゃんだからさー。

とりあえず作戦は順調ということで、今夜はこの至福のひと時を楽しむぞーっ。

「さーて。お兄ちゃんのお仕事は終わりそうにないし、今夜は悠宇《ゆう》の寝顔《ねがお》でたくさん遊んじゃうぞー♪」

アタシはしっかり身体《からだ》を温めて、湯船から上がった。

そしてお風呂《ふろ》を上がろうとしたとき——ふと浴室内の鏡が目に入る。

アタシの顔は、まったく笑ってなかった。

……あれ?

ナニコレ。びっくりするくらいクールじゃん。一周回って冷酷《れいこく》な雰囲気《ふんいき》すらある。なんか見覚えあるなーって思ったけど……あ、これお兄ちゃんがたまにやってる顔だ。うわ怖《こわ》っ。

あれれー?

おっかしーなー。だってアタシ、今、こんなに幸せなのに? 恋人《こいびと》として絶頂期って言っても過言じゃないよね？

それなのに——。

「なんでこんなに……心が寒いの？」

物足りない。

そりゃ最初は恋人《こいびと》になれてハッピーハッピー常夏《とこなつ》気分だったけど、時間が経《た》つにつれて自覚せざるを得なくなる。

ずっとお腹《なか》が空《す》いてる気がして、より刺激《しげき》的なものを求めていく。

じゃあ、これ以上の幸せがないところにきちゃったら？

この心の寒さは、どうやって温めればいいんだろう。

Ⅲ

〝小さな幸せ〟

紅葉《もみじ》狩りが終わり、週明けになった。

俺は学校に行くのが、かなりナーバスな気分だった。

悩《なや》みの種は、日葵《ひまり》のリアクションだった。

恋人《こいびと》になっただけであんなに甘々だったのだ。

さらに仲を深めてしまった今、いったいどんな公開処刑《しょけい》が待ってるのだろうか。考えただけでも憂鬱《ゆううつ》だ。生まれて初めてズル休みしたいまである。

いや、これも日葵《ひまり》との関係が進展した証《あかし》だ。喜ばしいことじゃないか。

　俺は受け入れる。

　たとえどんなにアレコレ噂《うわさ》されようと、俺は耐《た》えてみせる。笹木《ささき》先生に指導室へ呼び出されたって構うもんか！

　……みたいな感じで気合いを入れていたのだが。

「…………（じぃ～）」

「…………（じぃぃ～～～）」

「…………」

　いや何やねん。

　日葵《ひまり》、今朝からめっちゃ見つめてくるんだけど。おはようのキスとか求めてこないから平和な代わりに、無言でめっちゃ見つめてくる。圧が凄《すご》い。数学の授業なのに、まったく集中できない。

　そのまなざしは何かを期待する感じなんだけど……え、マジで何なの？　俺に何かしてほしいように見えるんだけど、マジで心当たりがない。

　……なんだ？　日葵《ひまり》の誕生日……は、まだ当分、先だろ？　この時期なら……あ、雲雀《ひばり》さんの誕生日……も、この前、終わったし。いや、なんで真っ先に義兄《あに》の誕生日を思い浮《う》かべてるんだよ……。

ええい、こういうときは素直《すなお》に聞くに限る。

こそこそ小声で、隣《となり》の席の日葵《ひまり》に聞いてみた。

「あのさ、日葵《ひまり》……」

「っ⁉」

お、おおう？

なんか日葵《ひまり》のやつ、ドキッとして嬉《うれ》しそうに前髪《まえがみ》とか整え始めたぞ。そして白々しくそっぽを向いて、チラッチラッと視線を向けてくる。

その心情を言葉にするなら『もう〜しょうがないな〜悠宇《ゆう》がそこまで言うなら聞いてあげないこともないけど〜？』って感じ。いやだから何がやねん。その肝心《かんじん》な部分がわからないって言ってんじゃん。

「えーっと、何か俺にしてほしいことあるのか？」

「………………」

なんか、すげえがっかりした顔でため息つかれたんだが。

ええ……。これ、俺のせい？　それともマジで何か忘れてる？　でも遠出するって約束は果たしたし、他に約束したことあったっけ……？

（いや、あるいはただ褒《ほ》めてほしいだけかも……？）

普段《ふだん》から日葵《ひまり》は褒《ほ》められたがりだし、たまには俺からアクションを起こしてほしいのかもしれない。これはいい線いってるかも。

ということで、日葵《ひまり》を褒《ほ》めてみた。

「ひ、日葵《ひまり》。今日も可愛《かわい》いよな」

「…………」

がっかりした顔でため息つくのやめて⁉

マジで何なの？　このパターンは、絶対に何かあるはず。でもマジで何の心当たりもないんだが。

周囲のクラスメイト男子が「お、何か様子がおかしくね？」「とうとう破局？」「てか破局しろ。クリぼっち同盟に入れ」「クリスマスは男だけのカラオケ大会」「誕生日には図書券プレゼントあり」とかヒソヒソ話して……ってクリぼっち同盟、福利厚生《こうせい》が充実《じゅうじつ》しすぎでは？

そして言った通り、今は数学の授業中。

つまり教壇《きょうだん》に立っているのは、笹木《ささき》先生だ。

「えーっと。この問題を……夏目《なつめ》、答えてみろ」

やべっ。

まさかこのタイミングで当てられるなんて。えーっと、全然聞いてなかった。どこをやってるんだっけ……。

「ひ、日葵《ひまり》……」

「………」

だから「今度こそ！」って感じでキラキラ視線を向けてくる場面じゃなーい！

俺たちがまごまごしていると、いつの間にか笹木《ささき》先生が背後に移動していた。やばい、まったく気配がなかった。俺の肩《かた》を摑《つか》む手がギリギリ食い込んでああああ……。

笹木《ささき》先生が優《やさ》しく笑う。

「にゃん太郎《たろう》。後で指導室な？」

「……うす」

いや確かに「呼び出されたって構わない」って言ったけどね？

これもすべては、日葵《ひまり》との健全な恋人《こいびと》関係のためだ……。

♣♣♣

放課後。

俺は榎本《えのもと》さんと一緒《いっしょ》に、洋菓子店《ようがしてん》のアルバイトに向かっていた。

「ゆーくん。ほんとに今日からでいいの？」

「うん。日葵《ひまり》の許可も取ったし、クリスマスまで時間ないしね。花壇《かだん》のほうも準備終わって、週末に新木《あらき》先生のところに苗《なえ》をもらいに行くだけだし」

「というか、ひーちゃんは放っておいていいの？　なんか今日、様子が変だったけど……」

「一応、さっき家に送ったから。それに……」

俺はフッと陰《かげ》のある表情を浮《う》かべる。

「放課後はアクセかクリエイターの訓練って感じに切《き》り替《か》えないと、ダラダラ堕落《だらく》していきそうな気がして……」

「あ、そ。わたしはお腹《なか》いっぱいです」

やがて洋菓子店《ようがしてん》『ケット・シー』に到着《とうちゃく》した。

スタッフが出入りする裏口は、榎本《えのもと》さん家《ち》の家族用の玄関《げんかん》のようだった。いかにも一般《いっぱん》家庭っぽい玄関《げんかん》に、沢山《たくさん》のスリッパが並べてある。

玄関《げんかん》から二手に分かれており、店に繋《つな》がっているほうの廊下《ろうか》を榎本《えのもと》さんは指さした。

「そっちの事務室にお母さんがいると思うから、話を聞いてきて。わたしは自分の部屋に鞄《かばん》とか置いてくる」

「あ、うん。ありがと」

「…………」

「え？　どうしたの？」

突然《とつぜん》、榎本《えのもと》さんが胸を張った。

「この店の中では、わたしは先輩《せんぱい》です」

「あ、そっか」

その意味を察して、俺はしっかりと頭を下げる。

「ありがとうございます」

「よろしい」

榎本《えのもと》さんはいつものクールな表情のまま、ご機嫌《きげん》そうに肩《かた》を揺《ゆ》すって歩いていった。先輩《せんぱい》ぶってる榎本《えのもと》さんも可愛《かわい》い。

えーっと、事務室は……電気点《つ》いてるし、この部屋かな。

そのドアをノックすると、すぐに返事があった。どうやら当たりのようだ。

「失礼します。夏目悠宇《なつめゆう》です」

部屋に入ると、山のように積まれた段ボールが迎《むか》えた。

その隅《すみ》っこのテーブルに、榎本《えのもと》さんのお母さん——榎本雅子《えのもとまさこ》さんが座っていた。おっとり系の美魔女《びまじょ》という感じで、榎本《えのもと》さんや紅葉《くれは》さんよりも雰囲気《ふんいき》が柔《やわ》らかい人だ。

ノートパソコンと睨《にら》めっこしていた彼女は、にこりと微笑《ほほえ》んだ。

「いらっしゃい、夏目《なつめ》くん。よろしくねえ」

「よろしくお願いします」

椅子《いす》を勧《すす》められて、向かい合った。

雅子《まさこ》さんはころころと笑う。

「いつ以来かしら?」

「えーっと。夏休みの前ですかね。あ、先日の文化祭のとき、ケーキの差し入れを榎本《えのもと》さんから頂きました。ありがとうございます、美味《おい》しかったです」

「うふふ。夏目《なつめ》くんのお姉さんたちは、よく顔を出してくれるのだけどねえ」

「う、うちの姉たちがお世話になっています……」

うちの姉たち……これは咲姉《さくねえ》さんだけではなく、嫁《よめ》にいった一番めと二番めの姉も含《ふく》むらしい。

俺も最近、聞かされたのだが、俺が榎本《えのもと》さんと知り合ったのをきっかけに、あの三人はこの店に通《かよ》い詰《つ》めているようだ。……あの三人、マジで美少女大好きだからなあ。

とりあえず姉さんたちのことは横に置き、バイトの内容に話題を移した。

「凛音《りおん》に聞いていると思うけど、夏目《なつめ》くんにはクリスマスまでの厨房《ちゆうぼう》のヘルプに入ってもらいたいの」

「クリスマスケーキの仕上げということですが……」

「そうね。本当はわたしと凛音《りおん》でやるのだけど、今年は長くやってくれていたパートさんが辞《や》めてしまったの。臨時アルバイトも応募《おうぼ》がこなくて、色々と予定が狂《くる》っちゃって……」

「それは大変ですね」

「わたしも最近は、あんまり寝《ね》れてなくて……ふあっ」

ふと雅子《まさこ》さんが欠伸《あくび》を嚙《か》み殺《ころ》した。

そして口元を隠《かく》して、照れたようにはにかんでみせる。この人、俺の母さんと歳《とし》はそんなに変わらないはずだけど、ほわほわして可愛《かわい》らしいんだよな……。

「うふふ。ごめんなさいねえ」

「いいえ。うちもクリスマスは一大イベントなので、忙《いそが》しさはよくわかります」

「ありがとう。愚痴《ぐち》ばかり聞かされても、うんざりしちゃうわよねえ。さっそく、業務内容の説明をしましょうか。これが契約書《けいやくしょ》だけど……」

そう言って、一枚の書類を差し出してきた。

これに関しては、事前に内容は聞いている。あとはサインするだけなので、同時にペンを受け取った。

えーっと、住所と名前を……と書こうとしたところで止まる。

契約書《けいやくしょ》ではなく、婚姻《こんいん》届けだった。

俺は無言でそっと押し返した。

「……これは、違《ちが》いますね」

雅子《まさこ》さんが「あら？」と照れ笑いを浮《う》かべた。

「間違《まちが》えちゃったわ。ごめんなさいねえ」

いや絶対に嘘《うそ》だろ。

ご丁寧《ていねい》に榎本《えのもと》さんの名前とか書いてるし。まったく油断も隙《すき》もない。この人ふわふわしてるけど、こういうところあるからな……。

そして本物の契約書《けいやくしょ》にサインした。両親の同意書とかは、持ち帰ってから……と。

「夏目《なつめ》くん。シフトはどうする？」

「平日のこの時間と、土日は午前中なら……」

「ああ、助かるわ。でも、そんなに働いて大丈夫《だいじょうぶ》？　お家《うち》のコンビニでもバイトしてるんでしょう？」

「うちのコンビニはバイトさんの空いた時間を埋《う》めるために入るので、毎日は出なくていいんです。あとは花の世話の時間さえあれば……一か月くらいなら大丈夫《だいじょうぶ》です」

「でも期末試験もあるわよね？　お勉強は？」

「あ……」

やべえ。すっかり忘れてた。

すると雅子《まさこ》さんがクスクス笑う。

「空いた時間に、凛音《りおん》に勉強に付き合うように言っておくわね。あの子、ああ見えて成績はいいから」

「知ってます。前も勉強を教えてもらいました……」

「裏のお家《うち》の慎司《しんじ》くんも見つけたら、捕《つか》まえておくわねえ」

「あ、ありがとうございます……」

真木島《まきしま》に勉強教わるとか、嫌《いや》な予感しかねえな……。

「それじゃあ、シフトはこんな感じかしら。もし変更《へんこう》したいときには、遠慮《えんりょ》せずに言ってね」

「はい。……でも平日のこの時間は、やることないのでは？」

「平日の放課後は、ケーキの仕上げの練習がメインだから問題ないわ。それに……」

雅子《まさこ》さんが、可愛《かわい》らしく両手を合わせる。

「夏目《なつめ》くんがよければ、片付けと清掃《せいそう》もお願いしていいかしら？　パートさんのシフトを前にずらしてるから、毎日の後片付けを凛音《りおん》だけでやってるの。手伝ってあげてほしいわ」

「あ、もちろんです。というか、そのくらいしないとバイトになりませんから」

「うふふ。頼《たよ》りになる子がきてくれて助かるわ」

さっそく今日は、榎本《えのもと》さんから厨房《ちゆうぼう》の説明を受けることになった。

男性用の制服を渡《わた》される。この店は基本的に女性用の制服だけなので、わざわざ買ってくださったらしい。臨時バイトなのに申し訳ないな。

「厨房《ちゆうぼう》に入るときは、必ず清潔な格好に着替《きが》えてからね。毎日、洗濯《せんたく》したものを廊下《ろうか》の棚《たな》に置いているから、勝手に取って頂戴《ちようだい》。使用して脱《ぬ》いだものは、棚《たな》の横にあるボックスに入れてくれればいいから」

「毎日、洗濯《せんたく》してるんですか？　すごいですね……」

「食品を扱《あつか》うから、衛生管理はしっかりしなきゃね。そして更衣室《こういしつ》は、この部屋を出た向こう側のドアよ。ロッカーはなくて大丈夫《だいじょうぶ》かしら？」

「あ、はい。学校の鞄《かばん》だけなので、そこら辺に置いておきます」

俺は制服を持って、事務室を出た。

言われた更衣室《こういしつ》のドアの前で、深呼吸する。

「よく考えたら、うちのコンビニ以外で働くの初めてだな……」

せっかく榎本《えのもと》さんが機会をくれたんだし、ここでの経験も活《い》かせるようにしっかり吸収していこう。

そう思いながら、ドアを開ける。

榎本《えのもと》さんが制服のスカートを穿《は》こうとして、すごい顔のまま固まっていた。

「…………」

「…………」

タイツに包まれた美しいおみ足を観察している場合ではない。

「す、すいませんでしたッ！」

「……っ！」

慌《あわ》ててドアを閉める。

……向かい側の事務室から、雅子《まさこ》さんが顔を出してうふふと微笑《ほほえ》んでいた。

「ごめんなさいねえ。うち、男性スタッフがいないから、うっかりしていたわ。そっちの家のほうのリビングで着替《きが》えてもらっていいかしら？」

「は、はい。わかりました……」

……なんかわざとらしいな。

そんな疑惑《ぎわく》を持っていると、裏付けるようにあっさり白状した。

「慎司《しんじ》くんが『ナツはラブコメ主人公だからこういうイベントが大好きだ』って言ってたわ」

「あいつマジで張《は》り倒《たお》してやろうか……っ！」

実行するほうも実行するほうだけどね？

いや、そもそも油断してドアをノックするの忘れてた俺が悪いよな……。

「とりあえず早く着替《きが》えてこよう……」

誰《だれ》もいないリビングで、清潔な制服に着替《きが》える。同級生女子の生活空間で着替《きが》えるの、なんか罪悪感すごいな……。

そして着替《きが》えている途中《とちゅう》、店のほうから榎本《えのもと》さんが「お母さんっ‼」って怒鳴《どな》ってるのが聞

こえてめっちゃ気まずかった。

……終わって厨房《ちゅうぼう》に向かうと、榎本《えのもと》さんが腕《うで》を組んで待っていた。

「榎本《えのもと》さん。本当にごめん……」

「大丈夫《だいじょうぶ》。お母さんのせいだし、ちゃんと叱《しか》った」

「いやでも、油断してノックしなかったのは俺なんだし……」

ぎゃっ！

榎本《えのもと》さんが顔を真っ赤にしながら、腕《うで》をきゅっとつねってきた。

「もう、いいの！」

「は、はい。すんませんっした……」

これ以上はどちらのためにもならなそうだ。

榎本《えのもと》さんがため息をつきながら、厨房《ちゅうぼう》のドアを開ける。ちらっと振《ふ》り返《かえ》って、ちょっとだけ拗《す》ねたように言った。

「それにゆーくんは、わたしのことは友だちとしか見てないもんね？」

「え？　……あ！　はい！」

「着替《きが》えなんて見ても、何とも思わないもんね？」

「と、当然だよ。何とも思いません」

「…………」

今度は尻《しり》をつねられた。

「痛いっ⁉」

「はやく厨房《ちゆうぼう》に入って。説明するから」

「ヒドい……」

さっきより怨念《おんねん》こもってんだけど……。

せっかく榎本《えのもと》さんの気使いに合わせたのに……と俺はしくしく泣いた。

それから厨房《ちゆうぼう》の設備と、片付けの仕方を説明される。さすがは榎本《えのもと》さん、ものすごくわかりやすい。

ただ、それは今回の本命ではなかった。

「それじゃあ、ケーキの練習に入るね」

「よろしくお願いします！」

さっそくケーキ作りの練習に入る。

「具体的にはどうするの？」

「まずはこのマニュアルを読んで」

ファイルを渡《わた》される。

この店のケーキ作りの手順を書いたマニュアルだった。

「特にこの後半部分をしっかり覚えてね。クリスマスに並べるのが、この五種類だから」

「なるほど」

「事前に予約を取るのは、この四種類。あと一種類は、販売数限定《はんばいすう》のケーキだから」

「あ、この丸太みたいなロールケーキ、有名だよね」

「ブッシュドノエルね。一年でこの日にしか売らないんだけど、うちのはすごく美味《おい》しいんだよ。お得意様はみんな知ってるから、早朝から並ぶんだよね」

「そういう集客方法もあるのか。すごいな……」

こういう長年やってきたノウハウを知れるなんて、すごくありがたい。本当にバイトにきてよかった。

「マニュアルを頭に入れたら、これでひたすら練習してね」

榎本《えのもと》さんが用意してくれたのは、スポンジケーキと生クリーム。

新商品の開発や新人の練習のときのため、焼き損じたスポンジケーキを冷凍《れいとう》して置いておくのだという。

まずは榎本《えのもと》さんが手本を見せてくれる。

スポンジケーキを円形のケーキ台にのせ、パレットナイフを使って生クリームをのせていく。

そして瞬く間《またたくま》に綺麗《きれい》に均《なら》していき……。

「おお！　すごい、ケーキになった！」

「最初からケーキだけど……」

「え？　でもこれ、完成したよね？　どうするの？」

「これを、こう」

パレットナイフで、完成したケーキのクリームを器用に削《そ》ぎ落としていく。またもや一瞬《いっしゅん》の後、スポンジケーキは丸裸《まるはだか》になってしまった。

「熟練の技《わざ》だ……」

「生クリームのボウルは氷水に浸《つ》けて、常に冷やしておくように」

ということで、俺もチャレンジしてみる。

パレットナイフでクリームをのせ、均一に均《なら》そうとするが……いつまで経《た》っても完成しない。

特にケーキの側面を整えるのが難しい。

パレットナイフで余分な生クリームを削《けず》ろうとするが、どうしても凸凹《おうとつ》ができてしまう。やがて生クリームが溶《と》けてしまい、どろどろになってしまった。

「ゆーくん、素早《すばや》くやらなきゃ。いくらこの季節でも、常温だとクリームが溶《と》けちゃうよ」

「でも、どうしても歪《ゆが》むんだけど……」

「パレットナイフで整えようとしちゃダメ」

「どういうこと？」

「ケーキは回転台で整えるの」

円形のケーキ台。

これは回転するようになっていた。あの中華料理《ちゅうか》がくるくる回る台みたいな感じだ。

「ケーキ作りは、まず回転台の中心がずれないように置くのが基本なの。そうすれば回転台で勝手に整ってくれるから」

「回転台で整う……？」

榎本《えのもと》さんが背後から、俺の両手を押《お》さえた。

「……っ！」

俺の背中に、温かくて柔《やわ》らかい感触がぴたりと密着する。

「まずクリームを多めに塗《ぬ》って、パレットナイフを整えたい幅《はば》で平行に止める」

「あの、榎本《えのもと》さん……？」

「集中」

「は、はい！」

榎本《えのもと》さんの目は真剣《しんけん》だった。

俺は煩悩《ぼんのう》を払《はら》うように、じっと目の前のケーキ台に集中する。

まずスポンジケーキに対し、生クリームを多めに塗《ぬ》った。そして榎本《えのもと》さんの言うとおり、整えたい幅《はば》で平行にパレットナイフを添《そ》える。

パレットナイフを動かさないように、回転台を回した。

するとパレットナイフに削《けず》られた余分な生クリームが落ちて、滑《なめ》らかな側面が完成したのだ。

「な、なるほど……」

それでもちょっと歪《ゆが》んでしまったけど、さっきよりもかなり綺麗《きれい》にできた。

榎本《えのもと》さんがそれを見て「うん」と頷《うなず》く。

「要領はわかった？」

「うん。あ、いや……はい。コツはわかりました」

「覚えたら簡単でしょ？」

「慣れるまで大変だと思うけど、一か月でものにできるように頑張《がんば》ります」

「うん、期待してる。はやくできるようになってね」

榎本《えのもと》さんはにこりと微笑《ほほえ》んだ後、ボソッと付け加えた。

「多い年は一日で200個くらい出るし」

「200個⁉」

「ショートケーキだけで」

「そんなにっ⁉」

ショートケーキだけでも、うちのコンビニの十倍以上だ。

榎本《えのもと》さんはフッと遠い目で説明する。

「最近はおひとり様サイズのミニホールケーキとかも人気あるから、とにかく数がいるんだよね」

「でも、最近のクリスマスケーキって競争激しいよね。うちのコンビニも知り合いにみんな声かけて注文取るのに……」

「うち、味だけは自信あるから」

「サラッと言うところがカッコいい……」

榎本《えのもと》さんのイケメンぶりに、ちょっとキュンとしてしまう。もしかして、これが乙女心《おとめごころ》ってやつなの？　……なんで俺がヒロイン役なんだよ。

「じゃあ、ついでにホイップも教えておこう。ゆーくん、飲み込み早そうだし」

「え？　あの……」

「絞《しぼ》り袋《ぶくろ》に生クリームを取って……軽めに力を入れて、先端《せんたん》からきゅっと落とす感じで……」

「えっと……」

俺がためらっていると、榎本《えのもと》さんがムッとした。

「ゆーくん、真面目にして」

「いや、さすがにこれは一人でできるというか……」

「え？」

榎本《えのもと》さんが、はたと気づいた。

俺たちの体勢は、さっきの密着のままだった。具体的に言うと、榎本《えのもと》さんが背後から抱《だ》きしめてる感じ。

「〜〜〜〜〜っ！」

「ぎゃあああああああああああっ！」

榎本《えのもと》さんが手元のホイップクリームをきゅっとしながら、俺の腰《こし》をきゅっと締《し》め上《あ》げる。ただしパワーはいつもの榎本《えのもと》さんクオリティ。

俺はその場で沈《しず》められる。

「ゆーくん、一人で練習！」

「は、はい……」

榎本《えのもと》さんがバタバタと厨房《ちゅうぼう》を出ていった。まさか東京旅行で見たプロレス技《わざ》を、完璧《かんぺき》にコピーしているとは。

いやあ、洋菓子店《ようがしてん》の修業《しゅぎょう》ってすげえなあ……と感心するのだった。

♣♣♣

十二月に入った。

九州でも刺《さ》すような空風が吹《ふ》くようになり、朝はベッドから出たくない日々が続く。

とある放課後、榎本《えのもと》さん家《ち》の洋菓子店《ようがしてん》。

二週間ほど仕上げの練習に没頭《ぼっとう》した俺は、雅子《まさこ》さんによる最終試験に挑《いど》んでいた。

「やります」

「はい、頑張《がんば》ってねえ」

クリスマスに販売《はんばい》する、五種類のケーキ。

その仕上げ……つまりデコレーションを行うのだ。ただ綺麗《きれい》にやればいいというものではない。ショートケーキだけで200個も捌《さば》く店ともなれば、当然、速さも求められる。

「スタート！」

「はい！」

順番にケーキを仕上げていき、五つめが完成する。

雅子《まさこ》さんはストップウォッチを止めると、頬《ほお》に手を当てて呟《つぶや》いた。

「あら、びっくりねえ。まさか本当に、二週間で覚えちゃうなんて」

「ありがとうございます！」

「うふふ。これで、ひとまず修羅場《しゅらば》を越《こ》えられそうね」

「榎本《えのもと》さんの指導のおかげです」

ハラハラした様子で見守っていた榎本《えのもと》さんが、ハッとして居住まいを正した。

「ゆーくんの努力の結果だよ。ずっと練習してたの見てたもん」

「いや、その練習にずっと付き合ってくれてたのは榎本《えのもと》さんだし」

そっちこそ、いやそっちこそ。

……みたいなコントをやっていると、雅子《まさこ》さんが一枚の書類を差し出してきた。

「夏目《なつめ》くんの技術は素晴《すば》らしいので、うちから免許皆伝《めんきよかいでん》を与《あた》えちゃいます」

「ええ。そんな、このくらいで免許皆伝《めんきよかいでん》とか……」

その謎《なぞ》の書類を受け取って、目を落とした。

「……これは、婚姻《こんいん》届けですね」

「そうよ。免許皆伝《めんきよかいでん》は、うちのお婿《むこ》さんになることです♪」

ご丁寧《ていねい》に榎本《えのもと》さんの名前が書かれていた。

すっと返上しようとすると、さっと押し返される。どうやらアレだ。クーリングオフが利用できないタイプの免許皆伝《めんきよかいでん》らしい。

「……困ります」

「でも夏目《なつめ》くん、すごく才能あるわよ？　普通《ふつう》は二週間で覚えられるほど簡単なものじゃないんだから。この才能を活《い》かさない手はないわ」

「俺はアクセクリエイターを目指していますので……」

「洋菓子店《ようがしてん》は片手間でいいから」

「遠慮《えんりょ》します……」

「まあ、まあ。若いのだし、そんなに早急《さっきゅう》に判断を下すことはないでしょう？」

「俺には日葵《ひまり》というカノジョがいるので……」

「書類上でいいから」

よくないよ。

具体的に言うと『たとえ週末は夫が帰らない家庭でもそれはそれで愛の形よね』みたいな理解のありすぎる態度がよくないよ。

すっかり定番となりつつある茶番を繰《く》り返《かえ》していると、榎本《えのもと》さんが大きなため息をついて諌《いさ》める。

「お母さん、やめて」

「凛音《りおん》、そんなこと言っていいの？　こんな理想のお婿《むこ》さん、この先、見つかるかどうかわからないわよ？」

「ひーちゃんの家と戦争になるよ」

「独占《どくせん》しようとするから角が立つのよ。シェアするのがいいわ。今、若い子たちの間では流行《はや》っているのでしょう？」

それは進学後のアパートとかの話だよ。

少なくとも人間をシェアするという話ではないよ。

「仕方ないわねえ。うちは右腕《みぎうで》と左腕《ひだりうで》だけでいいから」

「いや怖《こわ》すぎでしょう。話の方向性をガラッと変えてきましたね」

「じゃあ、うちにどうしろって言うの⁉」

「なんで逆ギレされてるんですかねえ……」

雅子《まさこ》さんはころころ笑っている。

この人、こういう悪ふざけが好きなんだよなあ。こういうところは、榎本《えのもと》さんより紅葉《くれは》さんに似てる気がする……。

「さて、とにかく……んんっ」

雅子《まさこ》さんが、コンコンと咳《せき》をした。

……そういえばここ最近、ずっと咳《せき》してるな。

「もしかして風邪《かぜ》ですか？」

「最近、空気が乾燥《かんそう》してるせいか、喉《のど》がイガイガするのよねえ」

榎本《えのもと》さんが、素っ気なく言った。

「大丈夫《だいじょうぶ》だよ。うちのお母さん、一度も風邪《かぜ》ひいたことないし」

「そうそう、健康だけが取《と》り柄《え》なのよ」

雅子《まさこ》さんが可愛《かわい》らしくダブルピースして「いえ～い☆」ってアピールする。

やっぱり若いなあ、この人。うちの母さんがこんなポーズ決めたら家族総出で病院に引っ張っていきそう……。

「さて、とにかく夏目《なつめ》くんが即《そく》戦力になってくれるのがわかったので、当日のシフトを再調整しましょうか」

「あ、店長。そういえば、俺から一つお願いがあって……」

「あら。お義母《かあ》さんでいいのよ？」

「……店長。クリスマスケーキのことなんですけど」

「スルーされちゃったわ……」

雅子《まさこ》さんはぷくーっと頬《ほお》を膨《ふく》らませた。可愛《かわい》い。

「当日、ラインナップにないケーキを一つだけ作らせてもらっていいですか？　もちろん材料費とか、料金は払《はら》いますので……」

「夏目《なつめ》くんが払《はら》うの？　どういうことかしら？」

事前に相談していた榎本《えのもと》さんが、説明を代わってくれる。

「ひーちゃんへのクリスマスプレゼントだって」

「ああ、そういうこと！」

それだけで察してくれたのか、雅子《まさこ》さんが嬉《うれ》しそうに手を叩《たた》いた。

「いいじゃない。世界に一つだけのオリジナルケーキ。ロマンチックよねえ」

「わたしは気取りすぎだと思うんだけど」

「うふふ。年頃《としごろ》の男の子だもの、そのくらいキザなほうがいいわ」

「まあ、お母さんはそう言うよね……」

雅子《まさこ》さんは楽しそうに聞いてくる。

「どんなケーキにするか考えているの？　もし特別な材料を使うなら、もう仕入れておかないと間に合わないわ」

「あ、それはもう別に話を進めています。明日くらいに、返事があると思うんですけど……」

「うちがお願いしている青果店に頼《たの》んだほうが安く済むわよ？」

「いえ、フルーツではなくて……」

首をかしげる雅子《まさこ》さんに、今度は俺が詳《くわ》しく説明する。

「エディブルフラワーを使ったケーキです」

エディブルフラワー。

食べるために育成した特別な花を指す。

代表的なものは、マリーゴールドやナデシコ、パンジー、ビオラなど。俺たちが一般《いっぱん》的に目にする花でも、育て方によっては食用花にできるのだ。

もちろん道端《みちばた》の花や、普通《ふつう》のフラワーショップで売っているものは食べられない。無農薬は当然ながら、品種として毒性のない花を、ちゃんとした設備で育てることが条件だ。

取《と》り扱《あつか》いは難しいが、今ではネット通販《つうはん》でも手に入れられる。俺はそれを、新木《あらき》先生の伝手《つて》で取り寄せられるか相談しているのだ。

雅子《まさこ》さんに、スマホで画像を見せる。

普通《ふつう》の可憐《かれん》なドライフラワーという感じで、とても食用花とは思えないものばかりだ。雅子《まさこ》さんは、うっとりしながら言う。

「お花のケーキ……キザねえ」

「そうでしょ？」

「でもそこがいいわ。お母さん、あと30歳くらい若かったらコロッといっちゃいそう」

「お母さんの男の趣味《しゅみ》の悪さ、お姉ちゃんとわたしに遺伝してるのほんとやだ……」

「あら。雲雀《ひばり》くんも夏目《なつめ》くんも、どっちも素敵《すてき》な男の子じゃない？」

「もうこの話はやめよう……」

いや雅子《まさこ》さん、俺に「ねえ？」とか同意を求められましても……。

「それで、ご許可は頂けますか？」

「もちろん、いいわよ。もし余分なお花が手に入りそうなら、うちでも売ってもらおうかしら？」

「あはは。もしうまくできたら、ですね……」

そもそもエディブルフラワーを使うということ以外、何も決まっていないのだ。

どんなケーキなら、日葵《ひまり》は喜んでくれるかな。

せっかく二人の恋人《こいびと》としての初めてのクリスマス。

絶対に思い出に残るような記念日にしたい。

（日葵《ひまり》。今頃《いまごろ》、何してるのかな……）

できれば日葵《ひまり》も、俺と同じようにクリスマスを楽しみにしていてくれればいいな。

そんなことを思いながら、俺は迫るクリスマスに胸を躍《おど》らせた。

♣♣♣

その翌日。

朝、俺は自室で目を覚ました。スマホのアラームを消して、ふうっと息をつく。今日は忙《いそが》しくなる。放課後は新木《あらき》先生のところに行かなきゃいけないし。

あれ？　身体《からだ》が重い……。

なんか起き上がれない。何かが身体《からだ》に乗っているような……。

まさか金縛《かなしば》り？　これが？　でも、その割に腕《うで》とかは動くような……。

そして視線を下に動かした。

なぜか日葵《ひまり》が、俺の上で顔を埋《うず》めていた。

俺はめっちゃ悩《なや》んだ末、とりあえず普通《ふつう》に声をかけてみた。

「……日葵《ひまり》さん？　何やってんの？」

「悠宇《ゆう》成分の補給」

「あ、そう……」

それなら安心だな。

いやあ、変なことされてるのかと思って身構えちゃったじゃん。まったく日葵《ひまり》のやつ、俺の成分が足りないなら、そう言ってくれればいくらでも嗅《か》がせてやるのによ。

そうじゃねえんだよ。

なんで受け入れてんだよ。だから俺の成分って何だよ。まだ金縛《かなしば》りのほうがよかったよ。一回100円でイケるなとか電卓叩《でんたくたた》いてんじゃねえぞ……。

「日葵《ひまり》。学校の準備したいんだけど……」

「もうちょい」

「いや、さすがに恥《は》ずかしすぎるんだが……」

「アタシ成分も補給していいから」

俺にも嗅《か》げと？

よくないよ。具体的に言うと絵面《えづら》がよくないよ。日葵《ひまり》みたいな美少女がやってりゃ許されるだろうけど、俺がやったら間違《まちが》いなくカモンポリスマン案件だよ。

……でも日葵《ひまり》のやつ下りねえなあ。

「…………」

俺に顔を埋《うず》めているせいで、日葵《ひまり》のさらさらの髪《かみ》からうなじが見えている。魔《ま》が差した……という他ないが、つい吸い寄せられるように鼻を近づけてしまった。そしてお試《ため》しでくんと息を吸ってみる。

「あ、なんかいい匂《にお》いするな」

日葵《ひまり》がビクーッと跳《は》ね起《お》きた。

真っ白い肌《はだ》を耳まで真っ赤にして、両手でうなじを押さえている。

「ほんとにやるなバカぁーっ！」

「ぐはあ……っ⁉」

なぜか腹に一撃《いちげき》を頂戴《ちょうだい》した。

日葵《ひまり》がバタバタと逃《に》げていき、俺はベッドで伸《の》びていた。

「……確かに、今のは俺がよくなかった」

最近は、朝、日葵《ひまり》が迎《むか》えに来るのがすっかり日課になっていた。

遠回りになるから俺はいいって言ってるんだけど、日葵《ひまり》的にはこれは恋人《こいびと》イベントに含《ふく》まれるので外せないらしい。俺も朝から日葵《ひまり》に会えるから嬉《うれ》しいんだけど……クリスマスが終わって余裕《よゆう》ができたら、俺が迎《むか》えに行くようにしようかな。

カーディガンやら何やらを着込んで厚手のコートを羽織った日葵《ひまり》は、いつもよりもこもこしていて可愛《かわい》い。それでも脚《あし》だけは出してタイツ一枚で我慢《がまん》するのが女子の嗜《たしな》みなんだとか。なんかプードルを彷彿《ほうふつ》とさせるな。

日葵《ひまり》がヨーグルッペを、ちゅーっと飲んでいた。最近は寒くなって常温でも持ち歩けるようになり、いつでも愛飲している。

そんな日葵《ひまり》は、一緒《いっしょ》に登校しながらぷりぷりと怒《おこ》っていた。

「まったくもー。悠宇《ゆう》にあんな変態趣味《しゅみ》があるとは思わなかったなー。アタシじゃなかったら百年の恋《こい》も冷めちゃうところだよ」

「おまえ、それ一言一句違《たが》わずブーメランになってるの気づいてる？」

日葵《ひまり》がツーンとそっぽを向いた。俺の謎《なぞ》成分を摂取《せっしゅ》した日葵《ひまり》は、心なしかお肌《はだ》がツヤツヤしている。だから俺成分って何……。

「てか、起こそうとしたのに起きなかったのが悪いんじゃん。ぐっすり寝《ね》ちゃってさー」

「確かに、ちょっと疲《つか》れが出てるのは否《いな》めないな」

「バイトのほう順調？」

「新しいこと学ぶのって楽しいよな。もう二週間以上経《た》つけど、ようやく毎日の仕事の手順を覚えてきたんだ。次の土日は、朝の仕事を……」

あ、やべ。またいきなり語りだしちゃった。できるだけ日葵《ひまり》の前では、仕事楽しいみたいな空気は出さないようにしてたんだけど……。

その日葵《ひまり》はにまーっと笑った。

「授業は半分寝《ね》てるくせに」

「それを言うなし……」

確かに熱中しすぎるのも悩《なや》みの種だ。この前も授業中に日葵《ひまり》へのケーキを考えてて、笹木《ささき》先生に怒《おこ》られちゃったし……。

「でも東京のときも思ったけど、他の分野の仕事ってすごく刺激《しげき》になるよ」

「……ふーん」

そんな日葵《ひまり》が空になった紙パックをペコペコ畳《たた》みながら言った。

「いいじゃん。それじゃあ次のアクセは、レベルアップした悠宇《ゆう》が見れちゃうかもなー？」

「お、おう。もちろんだし」

「あと、ついでにクリスマスのエスコートも楽しみにしてるね♡」

「……任せろし」

「なんでちょっと声ちっちゃいんだよ」

そんなことを話しながら、学校に到着《とうちゃく》した。

……よし。今日もおはようのキスはない。てか、あの紅葉狩《もみじが》り以降、学校でイチャつくこと減ったんだよな。日葵《ひまり》も飽《あ》きたのか？　……あんだけ身構えててアレなんだけど、ないならないで寂《さび》しいな。

下足場から校舎に入ったところで、後ろから肩《かた》を叩《たた》かれた。

「ゆーくん。おはよ」

「あ、榎本《えのもと》さん。おはよう」

榎本《えのもと》さんだった。こっちも冬のもこもこスタイルで、なんか印象的にはポメラニアンって感じだ。

そして榎本《えのもと》さんは、日葵《ひまり》のほうに向いた。

「ひーちゃん。おはよ」

「……おはよう」

なんか気まずい空気が流れた。

俺が慌《あわ》てて何か言おうとしたとき、榎本《えのもと》さんがファイルを差し出してきた。

「あ、ゆーくん。春咲《ざ》きの花をリストアップしてきた」

「マジで？　うわ、助かる」

「うん。最近はケーキ修業《しゅぎょう》が忙《いそが》しそうだし、こういう時間ないかもって思って……」

そしてにこりと微笑《ほほえ》んだ。

「これも運命共同体《しんゆう》の役目だから」

「……っ！」

榎本《えのもと》さーん。

なんで俺じゃなくて日葵《ひまり》を見て言うんですかね。そういう鞘当《さやあて》は胃にくるからやめてほしいんだけど。

「あ、ごめんね。恋人《こいびと》さんの前でする話じゃなかったかも」

「榎本《えのもと》さん？　そういうのやめてほしいんだけど……」

「じゃ、また放課後ね」

言うことだけ言うと、クールに去っていく。

榎本《えのもと》さん、なんか煽《あお》りスキル高くなってない？　前は俺と一緒《いっしょ》に日葵《ひまり》にやられる側だったのに……と、微妙《びみょう》に寂《さび》しい気持ちを感じていた。

これは、アレですね。カノジョなんていらねえって言い合ってた男友だちが、しれっと女子と付き合うことになって置いてかれるように感じるやつ。……まあ、俺、そんな男友だちいないんだけど。

日葵《ひまり》がむぎぎぎぎ……と恨《うら》み言《ごと》を垂れ流す。

「今度あのおっぱい、後ろから鷲掴《わしづか》みにしてやるーっ！」

「そんなこと言ってるから煽《あお》られるのでは……」

マジで俺を挟《はさ》んで喧嘩《けんか》ップルすんのやめてくんねえかなあ……。

そんなことを考えていると、日葵《ひまり》が言った。

「よーし。それなら、今日の放課後は悠宇《ゆう》とラブラブしちゃうからねーっ」

「あ、ごめん。今日は榎本《えのもと》さんと出かける予定があるから無理……」

「ええ！　今日は洋菓子店《ようがしてん》のバイトないって言ってたじゃん！」

「あ、いや、それは……」

「せっかく一緒《いっしょ》にエッチな下着、買いに行こうと思ってたのに！」

「ねえ、そういう冗談《じょうだん》を学校で言うのマジでやめて？」

周囲の女子が「うわヤバ」「でもダサいとか文句言われるよりマシじゃね？」「自分で選ぶのめんどいしね」……って、なんでちょっと理解を示されてるんだよ。

「実はその、新木《あらき》先生のところに……」

日葵《ひまり》は少し小首をかしげたけど、素直《すなお》にうなずいてくれた。

「ま、そういうことならしょーがない。今日は勘弁《かんべん》してあげる」

「あざっす！」

さすが日葵《ひまり》さん！　俺のことわかってくれる！

とか安心していたら、日葵《ひまり》が非常にダークな笑顔《えがお》でにこーっと笑った。

「代わりに、冬休みはず～っと日葵《ひまり》様にご奉仕《ほうし》だゾ♪」

「……も、もちろんッス」

いや、元々そのつもりだったんだけどね。

それなのになんかこう、見えない首輪を装着された気分だった……。

♣♣♣

その放課後。

目的地は、新木《あらき》先生の生花教室。昨日、雅子《まさこ》さんに言った通り、日葵《ひまり》へのクリスマスプレゼントに使用するエディブルフラワーを確認《かくにん》しに行くのだ。

榎本《えのもと》さんと一緒《いっしょ》に、自転車を押して歩く。

コンビニの窓にはスプレーでサンタクロースが描《えが》かれていたり、地元の工務店のお宅には眩《まばゆ》いばかりのイルミネーションが飾《かざ》られていたりする。田舎町《いなかまち》は寂《さび》れているが、所々にクリスマスの気配が漂《ただよ》っていた。

「榎本《えのもと》さん、無理に付き合ってくれなくても……」

すると榎本《えのもと》さんは、ぐっと拳《こぶし》を握《にぎ》った。

「運命共同体《しんゆう》なんだから、作業するときは一緒《いっしょ》！」

「いや、今日は花を選ぶだけだし……」

「それは今後の活動内容を左右する重大な局面だと思います！」

「……っすね」

根負けした。

榎本《えのもと》さんの運命共同体《しんゆう》の定義がガチガチだぜ……。

「でも、吹奏楽部《すいそうがく》はいいの？　クリスマスまでは、部活はお休みもらってるから」

「どうだろ。この時期の練習は緩《ゆる》いのかな？」

「えっ⁉　それなら……クリスマスに演奏会するから、その練習はあるけど……」

榎本《えのもと》さんは首を振《ふ》る。

「文化部のコンクールとかじゃないから。有志だけ参加して、合唱部と一緒《いっしょ》に文化ホールで演奏会するの。その後、みんなでクリスマスパーティするのがメインらしいけど……まあ、わたしはあんまり興味ないし」

「あ、そういう……」

俺もそういうのはわかる。

家を手伝わないと、咲姉《さくねえ》さんが怖《こわ》いし。今回は榎本《えのもと》さんのお家《うち》でバイトってことで許してもらってるけど。……うちの姉、榎本《えのもと》さんに甘すぎでは？

「ところで、ゆーくん」

「はい？」

榎本《えのもと》さんの視線を追って、背後を窺《うかが》った。

今、通ったうどん屋さんの陰《かげ》から、色素の薄《うす》いアホ毛がぴよんぴよん覗《のぞ》いている。

日葵《ひまり》である。どうやら探偵《たんてい》ごっこで遊んでいるらしい。……やっぱ世界の美少女は一人遊びも凝《こ》ってるなあ。

「きてるね……」

「そうだね……」

「ちゃんと新木《あらき》先生のところに行くって言ったの？」

「言ったんだけど……」

学校を出て間もなく、尾行《びこう》されていることに気づいた。

なんとなく声をかけづらくて、そのままになってしまったんだけど……ハッ！

「もしかして、浮気《うわき》を疑われているのか……？」

東京旅行の前科があるだけに、日葵《ひまり》を責めることはできない……。

俺がぐぬぬ……ってなっていると、榎本《えのもと》さんがため息をつく。

「そういうんじゃないと思うけど……」

「え？　なんで？」

「知らなーい」

榎本《えのもと》さんがツーンとそっぽを向いてしまった。

「というか困るんなら、ひーちゃんへのプレゼント選びに行くって正直に言ったら？」

「いや、だって……」

俺はぎゅっと拳《こぶし》を握《にぎ》り締《し》めた。

「せっかく恋人《こいびと》としての初めてのクリスマス……サプライズしたいじゃん！」

「男子、めんどくさ……」

榎本《えのもと》さんが、うんざりした様子で言った。

……はい、自分が面倒《めんどう》くさいのはわかってます。でも譲《ゆず》りたくないんです。だってクリエイターなんだもん……。

「どうするの？」

「ここで日葵《ひまり》を撒《ま》こうとすれば、後で厄介《やっかい》なことになるのはわかってる。だから、このまま気づかないふりで用事を済ませる」

「それ、進歩したというべきなのかな……？」

この数か月のおかげで、変な度胸だけがついていく。まあ俺のことだし、新木《あらき》先生のところに行くのは不自然ではないはず。

フフフ、見てろよ。いつも不甲斐《ふがい》なくて日葵《ひまり》にぷはられているけど、やるときはやる男だって見せてやるぜ……。

俺が一人で燃えていると、榎本《えのもと》さんがため息をつく。

「まあ、わたしはアクセのサポートができれば何でもいいけど……」

冬の日は短く、すでに辺りは薄暗《うすぐら》かった。寂《さび》れた商店街には、申し訳程度のイルミネーションがチカチカと点灯している。

裏道に入って、生花教室に到着《とうちゃく》した。

いつも賑《にぎ》やかな庭だけど、今日は静かだった。

「あれ？　今日は小学生とゲームしてないのか？」

「もう外は暗いし、帰ったんじゃない」

まあ、そりゃ小学生だからなあ。

とりあえず新木《あらき》先生の姿が見えなかったので、普通《ふつう》に玄関《げんかん》でチャイムを鳴らしてみた。すると中から、彼女の声が聞こえる。

「勝手に入っていいよー」

鍵《かぎ》のかかってない引き戸を開けて、玄関《げんかん》に入った。

そこで異変に気付く。

……男物の靴《くつ》があったのだ。

「もしかして来客中か？」

「珍《めずら》しいね。ゆーくん、出直す？」

「新木《あらき》先生は中止のときは事前に連絡《れんらく》くれるし、一応、覗《のぞ》いてみよう」

稽古《けいこ》室《しつ》になっている和室の襖《ふすま》から、光が漏《も》れている。

め上だった。

一応、「失礼します」と声をかけて、襖《ふすま》を開けた。そして迎《むか》えた光景は、俺たちの予想の斜《なな》
うちの学校の頭脳派ゴリこと笹木《ささき》先生が、花を生けていたのだ。

笹木《ささき》先生と可憐《かれん》な花々。なんて似合わない組み合わせなんだろう……あ、いかん。つい本音が漏《も》れそうになってしまった。いやでも、「ジャングルかよ」って言わなかった俺をむしろ褒《ほ》めてほしいくらいだ。

「てか笹木《ささき》先生、何してんですか？」

「にゃ、にゃん太郎《たろう》⁉ なんでいるんだ！」

笹木《ささき》先生も俺たちの登場は予想外だったようで、口をあんぐりと開けていた。

いや、こっちの台詞《せりふ》……とげんなりしていると、その笹木《ささき》先生の正面に着物姿で座る新木《あらき》先生が説明してくれる。

「んー。文化祭で笹木《ささき》くんと連絡《れんらく》先交換《こうかん》したんだよね。そしたら、ちょっと生け花をやってみたいって言うから」

すると笹木《ささき》先生が、なぜか慌《あわ》てた様子でまくしたてる。

「そ、そうなんだ。おまえらがあまりに一生懸命《いっしょうけんめい》にやってるから、少しでも気持ちをわかっ

てやりたいと思ってな。わはは」

「………」

俺は榎本《えのもと》さんと、目を合わせてうなずき合った。

(絶対、嘘《うそ》だ……)

……しかし、それを正直に指摘《してき》するのはよくないだろう。俺は笹木《ささき》先生に、にこやかに笑いかけた。

「へえ。笹木《ささき》先生、花に興味を持ってくれたんですか?」

「ま、まあな」

「言ってくれれば、俺も手伝ったのに」

「いやいや、生徒の貴重な時間を、おれのために浪費《ろうひ》させるわけにはいかんからな!」

やけに顔が赤く、視線が定まらない。

普段《ふだん》、にゃん太郎《たろう》とかチャラ男二号などとイジられている相手が慌《あわ》てふためく姿に、つい悪戯心《いたずらごころ》が芽生えてしまうのもやむを得ないと思うのだ(一号は真木島《まきしま》)。

「新木《あらき》先生。俺も久しぶりに生け花やっていいですか?」

「なあ……っ⁉」

「わたしもやりたいです!」

「榎本《えのもと》まで⁉」

榎本《えのもと》さんと二人で、笹木《ささき》先生を挟《はさ》むように座った。これがオセロなら一瞬《いっしゅん》でひっくり返るように、学校生活のときと攻守《こうしゅ》が逆転する。

新木《あらき》先生は首を傾《かし》げながらも、特にダメと言うこともなく立ち上がった。

「別にいいけど。……それじゃあ、花を持ってくるね」

プライベートからは想像もつかない楚々《そそ》とした仕草で稽古室《けいこしつ》を出て行く。……うーん、普段《ふだん》からこうなら、ちゃんと生花教室の先生っぽいのになあ。

おっと、今はそれどころじゃない。

「笹木《ささき》先生。そういえば新木《あらき》先生とは、高校の同級生って言ってましたっけ？」

「ま、まあな。それよりおまえたち、何しに来たんだ？」

「新木《あらき》先生に特注の花を仕入れてもらう約束をしていたんです。その話をするために伺《うかが》ったんですけど」

「ぐっ。よりにもよって今日か……っ」

俺の反対側から、榎本《えのもと》さんが聞く。

「新木《あらき》先生と、どんなご関係なんですか？」

「ど、どんなって、高校の同級生だと言ってるだろう……」

珍《めずら》しく目をキラキラさせて問《と》い詰《つ》める榎本《えのもと》さんに、笹木《ささき》先生はたじたじである。

そういえば雅子《まさこ》さん、何よりも恋《こい》バナ好きって言ってたっけ。やっぱり榎本《えのもと》さんもその血を継《つ》いでるんだなあ。可愛《かわい》い。

「そういえば文化祭のとき、笹木《ささき》先生ちょっと嬉《うれ》しそうでした」

「いや、同級生と再会したら、嬉《うれ》しいもんだろ」

「そんな風には見えなかったですね」

「にゃん太郎《たろう》、なんか学校とキャラが違《ちが》くないか？」

「そんなことないですよ」

フフフ。

これでも三年間、日葵《ひまり》にぷはられて鍛《きた》えられたのだ。さらにこの半年間は、この手の話題で真木島《まきしま》にいじめられ続けたからな。

こと恋《こい》バナにおいて、かつての俺だと思うなよ！

そして笹木《ささき》先生の動揺《どうよう》を狙《ねら》い、榎本《えのもと》さんがズバッと核心《かくしん》に触《ふ》れた。

「新木《あらき》先生のこと、好きなんですか？」

「ぶふうっ⁉」

あ、笹木《ささき》先生の持ってる花が折れた。

「な、ななな、何を馬鹿なことを……」

うーん。顔を真っ赤にして、見るからに動揺《どうよう》している。まさか笹木《ささき》先生のこんな顔を拝める日がくるとはなあ。今日は忘れられない記念日になりそうだ。

俺は茎《くき》の折れた花を取って、花鋏《はなばさみ》でチョキンと綺麗《きれい》に整える。

「でも新木《あらき》先生、綺麗《きれい》だし優《やさ》しいですよ」

「いや、まあ、確かに否定はせんが……あ、あくまで一般論《いっぱんろん》でな！」

わざとらしい予防線が、逆に白状しているようなものだった。

俺と同じようにちょっと楽しくなっちゃってる榎本《えのもと》さんが、さらに追撃《ついげき》を仕掛《しか》ける。

「笹木《ささき》先生。学校より身なりがきちんとしてるような……」

「そ、そんなことはない！　いつものスーツだろ！」

確かに見慣れたスーツ姿だけど、そう言われれば……。

「今日も数学の授業ありましたけど、そんなにパリッとした感じではなかったような……あ、そのネクタイ新品ですよね。学校終わって、わざわざ着替《きが》えに帰ったんですか？」

「しっかり見てるんじゃないぞ⁉」

榎本《えのもと》さんがぽつりと言う。

「綺麗《きれい》にひげも剃《そ》ってる……」

「うう……っ！」

もはや、という感じであった。

俺はフフフと闇《やみ》の取引を持ちかける。

「安心してください。俺たちに先生を貶《おとし》める意図はありません」

「ど、どういう意味だ？」

「普段《ふだん》、お世話になっている笹木《ささき》先生です。もし先生が素直《すなお》になってくれるのなら、俺たちにも手伝えることがあるかもしれません」

「お、おおう。なんだ、おまえ。最近、変な余裕《よゆう》みたいなの出てきてるな……」

榎本《えのもと》さんと一緒《いっしょ》に、ぐいっと顔を近づける。

「で、どうなんです？」

「はっきり言ってください」

ぐぬぬ……となっていた笹木《ささき》先生は、がくっと項垂《うなだ》れた。

「いや、本当にどうということはないんだ」

「なら、どうして花に興味あるなんて嘘《うそ》ついてまで、家に上がり込んでるんですか？」

「言い方をどうにかしろ!?」

「あ、すみません」

いかん。いつもの日葵《ひまり》の癖《くせ》が移っている。榎本《えのもと》さんも「今のはデリカシーないかも」ってじとーっと見てるし……。

笹木《ささき》先生は、こそこそと廊下《ろうか》を確認《かくにん》して、コホンと咳《せき》をする。

「高校の頃《ころ》から、新木《あらき》はあんな感じでな。浮世《うきよ》離《ばな》れしているというか、何というか……」

「どことなくミステリアスですよね」

「そう、そうだ。あの頃《ころ》のおれは、自分で言うのも何だが学校でも人気があった。これでもけっこう女子にモテたんだぞ」

「文化祭で仲間とバンドするくらいですからね。それは疑いませんよ」

「そんなおれでも、あいつはまったく興味ない態度でな。それが逆に、こう……」

「気になってしまったと？」

「そ、そんな感じだ。いや別に、好きというわけじゃない。ただ久しぶりに会ったし、何をしてるのか興味があったというか、それだけというか……」

「わざわざテニス部の指導を休んでまで、伴侶《はんりょ》の有無を確認《かくにん》しにきたんですね？」

「そういうのじゃないと言っているだろう⁉」

ああ、楽しい。他人の恋《こい》バナ楽しい。

自分の恋《こい》が波瀾万丈《はらんばんじょう》ゆえに、こういう平和な恋《こい》バナが心地《ここち》よかった。笹木《ささき》先生、いつもの態度に比べて恋愛《れんあい》は不器用すぎないか？　なんだか放っておけなくなるな。

「わかりました。任せてください」

「お。おう。なんか知らんが任せた……」

そこへタイミングよく、新木《あらき》先生が生け花の道具を持って戻《もど》ってきた。

肩《かた》を寄せ合っている俺たちに、眉根《まゆね》を寄せる。

「そんなに引っ付いてどうしたの？　寒いなら、暖房《だんぼう》の温度上げようか？」

「いえ。そういうわけではなく、ちょっと花について話していて……」

俺はコホンと咳《せき》をした。

俺は日葵《ひまり》との恋《こい》で学んだことがある……駆け引きは先手必勝！　後手に回ったほうが受け身にならざるを得ないのだ！

「新木《あらき》先生。突然《とつぜん》ですが、今月の二十四日のご予定は？　もし空いていれば、笹木《ささき》先生が食事でもどうかと言っているんですが……」

「にゃん太郎《たろう》!?」

笹木《ささき》先生が、慌《あわ》てて俺と榎本《えのもと》さんを稽古《けいこ》室《しつ》の隅《すみ》っこに引きずっていく。小声でもにょもにょと訴《うった》えてきた。

「おまえ、もうちょっとオブラートに包むことを知らんのか!?」

俺は榎本《えのもと》さんに目配せする。

……どうやら、あっちも同じ考えのようだ。

「大丈夫《だいじょうぶ》です。俺が見ている限り、新木《あらき》先生にそういう浮《うわ》ついた気配はありません」

「わたしもそう思います」

「それにこの人を誘《さそ》うなら、はっきり言わないと伝わりませんよ」

「わたしもそう思います！」

俺たちの自信に、笹木《ささき》先生がちょっとホッとする。

「え、榎本《えのもと》がそう言うなら……」

俺の信頼《しんらい》、弱くね？

こういうのって男同士の絆《きずな》が大事なのでは？　なんか笹木《ささき》先生の恋《こい》、応援《おうえん》したくなくなっちゃったな……。

いやいや。とにかく問題は、新木《あらき》先生のほうだ。

「そ、それで新木《あらき》先生、どうですか？」

「…………」

新木《あらき》先生は、珍《めずら》しく真剣《しんけん》な表情で「うーん……」と考えていた。

あれ、なんか嫌《いや》な予感……と思ったとき、あっさりと答える。

「ごめんね。二十四日は予定あるんだ」

――ピシャーッ！

無慈悲《むじひ》な返答。

俺たち三人に、雷《かみなり》が落ちるような衝撃《しょうげき》が襲《おそ》った。

「「「……っ⁉⁉⁉」」」

何とも言えない沈黙《ちんもく》が支配する。

笹木《ささき》先生がちょっと泣きそうになっているのを見て、俺の背中に滝《たき》のような冷《ひ》や汗《あせ》が流れていた。

そ、そんな馬鹿な。

あの新木《あらき》先生に恋人《こいびと》が？　休みの日は近所の小学生とゲームしてガチで泣かせるような人だぞ？　いや、でも新木《あらき》先生、普通《ふつう》にしてたら美人だし、女子ってそういう気配を隠《かく》すのがうまいって誰《だれ》かが言ってたような……。

俺が完全に固まっていると、ふと榎本《えのもと》さんが呟《つぶや》いた。

「でも、ほんとにカレシの気配は……あっ」

そして何かに気づいた様子で、新木《あらき》先生に問い返した。

「……新木《あらき》先生。ちなみに、そのご予定を教えてもらってもいいですか？」

すると新木《あらき》先生は、特に渋《しぶ》ることもなく楽しげに言った。

「いつもの小学生の子たちと、ここでクリスマス会するんだ。みんなでケーキも作るよ」

「ええ～………………」

つまり、その、なんだ？

笹木《ささき》先生……小学生に負けた……ってこと？

さっきとは別種の沈黙《ちんもく》が降りた。俺は覚悟《かくご》を決めると、榎本《えのもと》さんと一緒《いっしょ》に頭を下げる。

「笹木《ささき》先生、すみません。伴侶《はんりょ》はいなかったけど、笹木《ささき》先生の見込みも……」

「ごめんなさい……」

「二人して真面目に謝るな！　逆に悲しくなってくるわ!!」

三人でぎゃーぎゃー騒《さわ》いでいると、新木《あらき》先生が首を傾《かし》げた。

「もし暇《ひま》なら、笹木《ささき》くんも来る？」

「え……」

その一言で形勢逆転だった。

まさかの展開に、笹木《ささき》先生のテンションが一気に上がる。

「い、いいのか!?」

「そりゃいいよ。当日はSwitch持ってきてね。……あ、でも笹木《ささき》くん、ゲームとかする人だっけ？」

「いや！　大丈夫《だいじょうぶ》だ！　練習しておく！」

柄《がら》にもなく少年のようにハシャぐ笹木《ささき》先生を見ながら……俺と榎本《えのもと》さんは三度《みたび》、お互《たが》いの目を見て以心伝心するのだった。

笹木《ささき》先生、近所の小学生と同レベルにしか見られてない……。

Ⅳ Turning Point. 〝暴〟

今日の放課後、悠宇《ゆう》はえのっちと新木《あらき》先生のところに行くらしい。

アタシはそれを教室で見送ると、一人でうーんと考える。

「おっかし～な～？　予定では、とっくに悠宇《ゆう》が泣きついてくるはずなんだけどな～？」

アタシのパーフェクトでデンジャラスな作戦。

悠宇《ゆう》と恋人《こいびと》生活でラブラブ度を上げていれば、悠宇《ゆう》のほうから「おまえがいない〝you〟なんて……つまらないんだぜ（歯がキラーンッ）」って泣きついてくるという魔性《ましょう》スキル。

それが一か月経《た》っても発動しないのだ。

（恋人《こいびと》としてのラブ度は極《きわ》まってるはずなのになー）

普通《ふつう》、大好きなカノジョとは四六時中、一緒《いっしょ》にいたいって思うんじゃないの？

アタシなんか、わざわざ毎朝、迎《むか》えに行くほど一緒《いっしょ》にいたいのに？

それなのに悠宇《ゆう》のやつ、普通《ふつう》に恋人《こいびと》生活と〝you〟の活動を切り分けて過ごしてるし。放課後とか、ほんとに連絡《れんらく》一つ寄越《よこ》さないとかある？

洋菓子店《ようがしてん》のバイトも普通《ふつう》に頑張《がんば》ってる。今じゃ、アタシよりえのっちと一緒《いっしょ》にいる時間のほうが多くない？？？

「怪しいな～？　世界一可愛《かわい》いカノジョに内緒《ないしょ》で何してるのかな～？」

アタシはこそこそと悠宇《ゆう》の跡《あと》を追った。

あ、いた。

えのっちと二人で、自転車を押している。

名探偵《めいたんてい》のように影《かげ》となって尾行《びこう》していると、えのっちが振《ふ》り返《かえ》った。アタシは慌《あわ》てて物陰《ものかげ》に隠《かく》れる。

「おっと。さすがえのっち、勘《かん》がいいな～？」

プふふふ。ちょっと楽しくなってきちゃったぞ～。

「さながらアタシはホームズを追《お》い詰《つ》めるモリアーティ教授！　悠宇《ゆう》の秘密、バンバン握《にぎ》っちゃうからね～っ」

ぷっフッフ～……ハッ！

「そうじゃなーいっ！」

アタシはその場で頭を抱《かか》えて悶《もだ》えた。

「いかん。我慢《がまん》が足りん、我慢《がまん》しろアタシ〜っ！」

……そうだった。

アタシは恋人《こいびと》として悠宇《ゆう》とイチャイチャしながら、えのっちとの不完全形態〝you〟が破綻《はたん》するのをクールに待つのだ。

計画は完璧《かんぺき》。

悠宇《ゆう》がアタシの不在に寂《さび》しくなっちゃうまでは、アタシは恋人《こいびと》に徹《てっ》する。そこにほんのわずかな隙《すき》もあってはならない。

ここで変に突《つつ》いて計画がおじゃんになるのは絶対にノーッ！

鞄《かばん》のヨーグルッペを取り出して、ちゅーっと飲み干した。冬限定のピーチ味。いつものヨーグルッペにフルーティな香りがプラスされてすごく美味《おい》しい。

美味《おい》しい乳酸菌《にゅうさんきん》と、今朝に補給した悠宇《ゆう》成分を消費して、精神を落ち着ける。

「……ふう。アタシ、めっちゃクール！」

正気を取り戻《もど》したアタシは、悠宇《ゆう》たちの尾行《びこう》を取りやめた。

さーて。アタシは美味《おい》しいものでも食べて帰ろうかなーっと♪

……ということで、やってまいりました！

辛麺屋《からめんや》『桝元《ますもと》』。

うちの地元に本店を構える、美味《お い》しい辛麺《からめん》のお店。

こだわりの素材を使用した旨辛《うまから》な一杯《ぱい》がたまらない。もちもちのこんにゃく麺《めん》はヘルシー志向の人にもぴったりで、女性客のリピーターも多いラーメン屋さんなのだ☆

看板商品は、辛麺《からめん》と名物のなんこつ。とろとろになるまで煮《に》込《こ》んだなんこつは、コラーゲンたっぷりで美容にも効果的だよ。

でもアタシのオススメは、なんといってもトマト辛麺《からめん》だね。

通称《つうしょう》トマ辛《から》。上質な辛味《からみ》と酸味のマリアージュ。ごろごろトマトが美味《お い》しくて健康にもいいって最高！ ついチーズトッピングしちゃうのはしょうがないよね～。

「いただきまーす！」

つるつるとトマト辛麺《からめん》を食していく。

アタシが食べられる最大量の唐辛子《とうがらし》で、アタシの身体《からだ》をデトックス！ 体内の不純成分を汗《あせ》と一緒《いっしょ》にバイバイしちゃおうって寸法よ！ 〝you〟の前に、すっかり綺麗《き れい》なアタシに脱皮《だっぴ》完了《かんりょう》ってわけ☆

完食する頃《ころ》には、すっかり綺麗《き れい》なアタシに脱皮《だっぴ》完了《かんりょう》ってわけ☆

「ご馳走様《ち そうさま》でした！」

すっかりお腹《なか》いっぱいになったアタシは、ルンルンと帰途《き と》についた。

さーて。今夜も悠宇《ゆう》との将来のために、お勉強を頑張《がんば》っちゃうぞ～☆

……そしてなぜか、新木《あらき》先生の生花教室の前にいた。

アタシはがくーっと膝《ひざ》をついていた。

「何故《なぜ》だーっ！」

おかしい。アタシはノット悠宇《ゆう》ライフを貫《つらぬ》いているはずなのに、無意識にきてしまった！

どうして？

ちゃんと今朝、悠宇《ゆう》成分も補給した。あと一週間は耐《た》えられるはずなのに。いや、そうでなくともアタシは悠宇《ゆう》と恋人《こいびと》だ……今更《いまさら》、ちょっと別行動を取ったくらいで……ハッ！

ま、まさか……。

アタシはこの計画の落とし穴の可能性に気づいてしまった。

（もしや、アタシのほうが寂《さび》しくなっている……？）

そんな馬鹿な。

悠宇《ゆう》が寂《さび》しくなってアタシを求める前に、アタシのほうが寂《さび》しくなってるだと？

恋人《こいびと》になったが故《ゆえ》に、アタシの悠宇《ゆう》への依存度《いぞんど》が高くなっている？

そして悠宇《ゆう》のほうは……恋人になったがゆえに、存分にアクセに集中している？

こ、これは想定外の事態。

策士、策に溺《おぼ》れるとはこのことかーっ！

「ああ、悠宇《ゆう》成分……悠宇《ゆう》成分が足りない……」

フラフラと、明るいほうへと近づく。さながら寒空の下のマッチ売りの少女のよう。

いけない。このままじゃ、おめおめと醜態《しゅうたい》をさらしてしまう。えのっちにどや顔で「ひーちゃん。わたしの支配下に入れてあげようかホホホ」とか言われちゃう！

そ、それだけは絶対に嫌《いや》！

わたしはすべてにおいて悠宇《ゆう》の一番になるんだからーっ！

「ぎゃあーっ！　止まれ、この超絶可愛《ちょうぜつかわい》いことだけが取《と》り柄《え》の身体《からだ》ーっ！」

……みたいな感じで内なるカルマと闘《たたか》っていると、そんなアタシの手を摑《つか》む人がいた。

「犬塚《いぬづか》ちゃん。ひとん家《ち》の前で何やってるの？」

新木《あらき》せんせーだった。

いつものラフな格好じゃなくて、お花教室の着物だった。ファーマフラーなんか巻いて、いかにもいいところのお嬢《じょう》さんって感じ。この人、いつもこうやってればいいのに……。

「あ、えっと……」

アタシは答えを迷った。

いや、冷静に考えて怪《あや》しすぎじゃない？　下手したら警察のお世話になってお兄ちゃんから断罪エンドまであり得る……。

新木《あらき》せんせーは眉根《まゆね》を寄せて、アタシをずりずりと引きずって行こうとする。

「夏目《なつめ》くんと榎本《えのもと》ちゃんなら、中にいるよ」

「だ、ダメ！」

その手を一生懸命《いっしょうけんめい》、振《ふ》りほどいた。

新木《あらき》せんせーはびっくりしてて、アタシは急にばつが悪くなって目を逸《そ》らす。まるで子どものように、アタシは力なく呟《つぶや》いた。

「アタシは悠宇《ゆう》の恋人《こいびと》だから、こっちじゃなきゃダメなの……」

「…………」

新木《あらき》せんせーの頭の上に、大量の『？』が大洪水《だいこうずい》になっていた。

「え？　なんで？　恋人《こいびと》になったら仕事は手伝えないの？」

「だ、だって役割分担したほうが効率いいじゃん」

「ふうん。そうなんだ……？」

あ、わかってない顔だ。

新木《あらき》せんせー、自由人だからなー。この人、恋《こい》とかで悩《なや》むタイプじゃなさそう……。

「いいもん。そのうち悠宇《ゆう》のほうから『日葵様《ひまり》～。戻《もど》ってきて～』って泣きついてくるもん」

「あー、そうなるといいね……」

「だってないな！」

「だってなー。最後に私のところに戻《もど》ってくればいいってどや顔キメるには、犬塚《いぬづか》ちゃんには包容力が足りないよねー」

その視線が、ちらっとアタシの身体《からだ》に向けられた。

「胸を見るなーっ！」

「だって榎本《えのもと》ちゃん、すごいんだもん」

「ううっ⁉」

「胸、すごいんだもん」

「なんで言い直したし⁉」

「胸がすごい子って、お尻《しり》もすごいよね」

「新木《あらき》せんせー、そういうこと言うタイプだっけ⁉」

新木《あらき》せんせーはからからと笑った。

あ、アタシに気を使ってるっぽい……。

「なるほどねー。どうりでまた元気なヤンデレオーラ飼ってるなーって思ったら」

「ヤンデレオーラ飼ってるって何？」

「ほら、そこにいる」

「え、ここ？」

慌《あわ》てて周囲をバタバタ払《はら》ってみる。

「……どう？」

「んー。ヤンデレオーラはそういうのじゃないからなー」

「そういうのって、どういうのだし！」

「犬塚《いぬづか》ちゃんが思ってるより、ねっとりした感じ？」

「ねっとりした感じ⁉」

「こう、へばりついてるっていうか……あ、大きい蜘蛛《くも》の巣《す》に顔突《つ》っ込んじゃったときみたいな気分」

「その日一日、テンションだだ下がるやつじゃん！　ヤダヤダ、アタシ虫はダメ！」

「お風呂《ふろ》入ってリフレッシュしなきゃ取れないよ」

「あーもう！　そんなのいいから！」

それから悠宇《ゆう》たちを見つめる。

障子を閉め忘れた窓から、えのっちと楽しげにカタログを選んでいるのが見えた。

「……悠宇《ゆう》、めっちゃ楽しそうだね」

「そうだねー。あの子、花を扱《あつか》ってるときが一番、楽しそうだよねー」

新木《あらき》せんせーは、嫌味《いやみ》でもなく自然にそう言った。

その光景は、あまりに自然だった。

まるで名高い絵画のように……あるいは素朴《そぼく》すぎて何者からも見向きもされない駄作《ださく》のように。

ただあるべきままに、あるべき姿をしているような気がした。

春に花が咲《さ》くように。

夏に葉が生《お》い茂《しげ》るように。

秋に色褪《いろあ》せ。

冬にすべてが枯《か》れるように。

悠宇《ゆう》が何かを言えば、えのっちが微笑《ほほえ》みながらうなずく。

えのっちが何かを聞けば、悠宇《ゆう》が嬉《うれ》しそうに説明する。

それが本来の関係のように見えて、アタシの胸がきゅっと締《し》め付《つ》けられた。

後ろから、新木《あらき》せんせーがポンと両肩《りょうかた》を叩《たた》く。

「犬塚《いぬづか》ちゃん。どうせ夏目《なつめ》くんはギリギリまで迷ってるんだし、一緒《いっしょ》にご飯でも行こうか」

「え。いいの？」

「いいよ。わたし、お腹空《なかす》いたし」

「でもアタシ、さっき辛麺《からめん》食べた……」

「じゃあ、甘いものも食べられるお蕎麦屋《そば》さんにしよう」

ここから離《はな》れられることに安堵《あんど》しながら……でも同時に、すごく後ろ髪《うしがみ》を引かれるような気がした。

そんな気持ちを隠《かく》すように、行く道でアタシは明るく振《ふ》る舞《ま》った。

「新木《あらき》せんせー。麺《めん》、大好きだよねー。てか、麺《めん》しか食べてなくない？」

「うーん。楽だからねえ」

「じゃあ、クリスマスのときとかどうするの？　そこも麺《めん》？」

「どうだろうねえ。なんか奢《おご》ってくれるらしいから、出てきたものでいいけど」

「えっ⁉　誰《だれ》かとデート行くの⁉」

「笹木《ささき》くんがご飯連れてってくれるんだって」

「………………」

わぎゃーっ！

あまりに意外な名前が出てきて、アタシはテンションが上がった。

「笹木《ささき》せんせー⁉　うわー、そういえば高校の同級生だっけ⁉」

「さっきまで、うちにいたんだけどね。犬塚《いぬづか》ちゃんと入《い》れ違《ちが》いだったよ」

「えーっ！　すごく見たかったーっ！」

「でも、わざわざクリスマスに外食するの面倒《めんどう》くさいよねー」

「温度低っ！　せっかくクリスマスに誘《さそ》われたのに⁉」

「いや、だってご飯行くだけだよ？」

「ご飯行くだけって、そんなにナイ感じ……？」

「んー……」

新木《あらき》せんせーは神妙《しんみよう》な顔で空を見上げた。

真っ暗な空にはいつの間にか厚い雨雲が立ち込めていて、今にも泣き出しそうな気配が漂っている。

「あの人、永遠の中学生って感じがして、なんか年の近い弟みたいだよねぇ」

「わかるけど、身も蓋《ふた》もないなー……」

実質的なNG宣言に、アタシは心の中で合掌《がつしよう》した。笹木《ささき》せんせー、どうせ張り切ってお高いホテルディナーとか予約しちゃうんだろうなー。南無《なむ》ー。

新木《あらき》せんせーはため息をつく。

「そんなに恋《こい》って大事なものかなあ？」

「大事だよー。新木《あらき》せんせーは枯《か》れすぎ。せっかくの美人が台無しじゃん」

「ふーん。犬塚《いぬづか》ちゃんは、満たされてるの？」

「そりゃそうだよー。なんたって、悠宇《ゆう》のオンリーワンなんだからさー。恋《こい》をすると毎日が楽しくて、すっごく幸せで満たされてるんだもん。友だちはたくさんいてもいいけど、恋人《こいびと》は世界で一人だけ！」

……ん？

なぜか胸がズキッと痛んだ……ような……？

「……アタシは満たされてる、うん」

アタシは悠宇《ゆう》の〝恋人《こいびと》〟を獲《と》った。

この関係に不満はない。

大事にされてる。クリスマスだって、悠宇《ゆう》はちゃんと空けてくれている。きっとアタシにいい思い出を作ってあげようって、サプライズなんか考えちゃってるんだろう。そういう人だって知ってる。

それなのに……。

「いいな……」

つい、ぽろっとこぼれてしまった。

アタシは慌《あわ》てて首を振《ふ》る。

なぜか夏休みのことを思い返していた。

視界一杯《いっぱい》に広がるヒマワリ畑。

黄色と緑の帳《とばり》。

息を切らせて走り、酸素の回らない頭で出した結論。

アタシは悠宇《ゆう》の恋人《こいびと》になりたかった。

それは間違《まちが》いない。

現状に不満はない。

それも間違《まちが》いなかった。

アタシは恋人《こいびと》として悠宇《ゆう》に大切にされ、えのっちは代わりに仕事のパートナーになった。

何もかもが思《おも》い描《えが》いた通りなのに……。


毎日、ずっと心が楽しくない。

悠宇《ゆう》の恋人《こいびと》になったのに、親友も欲《ほ》しいって焦《あせ》ってばっかりで。

えのっちに追《お》い抜《ぬ》かれないかって後ろばっかり気にして。

こうしてアタシは、一人で外から眺《なが》めているだけ。

これが本当に、アタシが欲《ほ》しかったもの——？

「あれ……？」

視界が歪んだ。

涙《なみだ》が止まることなく頬《ほお》を伝っていく。

新木《あらき》せんせーが、ファーマフラーをアタシの顔にぐるぐる巻いた。アタシがびっくりして振《ふ》り返《かえ》ると、優《やさ》しく微笑《ほほえ》んで言う。

「思春期、めんどくさあ」

「ねえ、心の声隠《かく》せてないんだけど？　今の慰《なぐさ》めてくれるところじゃない？」

「しまった。犬塚《いぬづか》ちゃんのヤンデレオーラに触《さわ》っちゃった。これは明日、40℃近い熱が出ちゃうなあ。仕事、休まないといけないなあ」

「人のオーラを病原体みたいに言うなし⁉」

「あ、犬塚《いぬづか》ちゃんも学校サボってゲームしようよ」

「ちゃんと仕事行けーっ！」

ふと視界に、白いものがよぎった。

ハッとして見上げると、空から白い粒《つぶ》のようなものが舞《ま》い降《お》りていた。雨じゃないし、雹《ひょう》でもないような……。

「あ、雪だ」

「へえ、ここらへんじゃ珍《めずら》しいねえ」

「積もる？」

「無理じゃないかなー。わたしが小学生のときにうっすら積もったことあるけど、それから見たことないし」

「え、むしろ積もったことあるの？」

「泥《どろ》まみれの雪だるま作って冷凍庫《れいとうこ》に入れてたんだけど、次の日にはパサパサになっちゃってたねー。いやー、あのときは祖母《ばあ》ちゃんに怒《おこ》られたなー」

「情緒《じょうちょ》ないなー……」

見落としそうになるほど小さな粉雪が、空風に攫《さら》われてアタシたちを通り過ぎていく。

自覚してしまった心の声が、とうとう耳に届いてしまった。

あの日……お花の宿で、アタシの顔が笑っていなかった理由がわかってしまった。

アタシが本当に欲《ほ》しかったのは、これじゃなかった。

なんでだ？

どこで間違《まちが》ったんだ？

誰《だれ》か教えてよ。

やり直させてよ。

今までのこと全部が夢で、目が覚めたら自分のベッドでさ。

アタシは中学二年生で、今日は待ちに待った文化祭の朝でさ。

少し前から気になってた、お花大好きな同級生の男の子のアクセ販売会《はんばい》を見にいくって決めてるんだ。

『その情熱の瞳《ひとみ》をアタシだけに見せて？　独占《ひとりじめ》させて？　そしたら、アタシはきみのアクセをいくらでも売ってあげる。──そういう運命共同体《しんゆう》になろ？』

あの頃《ころ》から、何も変わってなかったんだ。

本当の願いは──。

V

〝あなたは私の愛を退ける〟

十二月二十三日。

学校はすでに冬休みに入り、俺たちは自由な時間を得た。

そして洋菓《ようが》子《し》店《てん》は、てんてこ舞《ま》いだった。いつもは落ち着いた雰囲気《ふんいき》の厨房《ちゅうぼう》でも、今日だけはみんなバタバタと走り回っている。俺も早朝からバイトに出て、ひたすらケーキの仕上げ作業を手伝っていた。

さすが一年で一番の書き入れどきだ。うちのコンビニもこの時期は忙《いそが》しいけど、その比じゃないな……。

「夏目《なつめ》くん！　こっちの仕上げお願い！」

「はい！」

この日のために大量に冷凍《れいとう》保存していたスポンジケーキに、生クリームとフルーツがサンドされる。それが俺の元にやってくると、ホイップした生クリームをのせて仕上げ作業を行っていく。

少しでも気を抜《ぬ》くと、ケーキの種類を間違《まちが》えてしまいそうだ！

（これは確かに、すげえ大変だ……っ！）

クリスマスの洋菓子店《ようがしてん》といえば、やはり二十四日が一番忙《いそが》しいイメージだった。

しかし実際にこの店に入ってみると、一番忙《いそが》しいのはこの二十三日だった。なぜなら二十四日は販売《はんばい》に専念しなければならないので、注文品を含《ふく》むすべての在庫は、今日のうちに用意しなければならないのだ。

二十三日が祝日だったのって、もしかして洋菓子店《ようがしてん》への配慮《はいりょ》だったりして……みたいなアホなことを考えている間に、さらに仕上げ待ちのケーキがやってくる。

レジ番のスタッフさんが、厨房《ちゅうぼう》のドアを開けた。

「店長、飛び込みです！　2番の15号、作ってますか⁉」

「在庫なら冷蔵庫にあるわよ」

「お客さんの要望で、キウイを抜《ぬ》いてほしいって……」

「ああ、そういうこと」

雅子《まさこ》さんが、こっちの台を覗《のぞ》いた。

2番の15号……あ、俺がこれから仕上げるやつだ。

「夏目《なつめ》くん。それのキウイ抜《ぬ》きを仕上げて、お客さんに渡《わた》して頂戴《ちょうだい》」

「空いたところには？」

「夏目《なつめ》くんの、とびっきりの愛を添《そ》えてね♪」

「そっちの半カットしたイチゴをのせてね……」

「わかりました！」

マニュアルからキウイを抜《ぬ》いて、空いたところに半分にカットしたイチゴを添《そ》える。上から透明《とうめい》のナパージュをさっと塗《ぬ》り……よし、完成だ。

この作業をしてると、夏休みのティアラ製作での失敗が思い出されるんだよな……。あのときと同じ轍《てつ》は踏《ふ》まない！

箱詰《はこづ》めまで完了《かんりょう》して、店頭のほうに持っていった。

「できました！」

レジ番のスタッフさんは、別のお客さんにかかっていた。そっちから目線で、俺が手渡《てわた》すように指示される。

「えーっと、このケーキを注文したお客さんは……」

あの子ども連れのお母さんかな？

「キウイ抜《ぬ》きのお客様ですか？」

「あ、うちです！」

商品の確認《かくにん》をして、会計作業を終わらせる。

ケーキを渡《わた》そうとすると、幼稚園《ようちえん》くらいの女の子が両手を伸《の》ばした。髪《かみ》を二つ結びにした可愛《かわい》らしい子だ。

「わたしがもつ！」

「ええ。お母さんが持つよ」

「も〜つ〜！」

言っても聞かない様子だ。

お母さんが折れたようで、その子が持つことになった。慎重《しんちょう》に商品を渡《わた》すと、おっかなびっくりという感じで受け取る。

ドキドキしながら見守っていると、ちょっと箱が揺《ゆ》らいだ。

「あっ！」

しかし、しっかりと持ち直した。

俺とお母さんはホッとして、顔を見合わせて苦笑《くしょう》する。

「ありがとうございました！」

「ばいば〜い！」

その親子を見送って、俺はほっこりしながら厨房《ちゆうぼう》に戻《もど》った。

「なんかいいですね。こういうの……」

雅子《まさこ》さんがにまにましながら、一枚の書類をヒラヒラさせた。

「うふふ。夏目《なつめ》くん、あとでこれ書く〜？」

「厨房《ちゆうぼう》に婚姻《こんいん》届けを持ち込むのは感心しませんね。通報します」

「わ〜ん！　冗談《じようだん》よ〜っ！」

フルーツをスパスパとカットしていた榎本《えのもと》さんが、じろっと睨《にら》んだ。その手に持ったフルーツナイフがギラリと光る。

「忙《いそが》しいんだから、二人とも真面目にやって」

「うす……」

「は〜い……」

……そして午後4時になった。

なんとか予定数を作り切った。

さすがに俺も疲《つか》れて、椅子《いす》に座り込んでしまう。

「はあ〜、終わった……」

「ゆーくん。お疲《つか》れ様《さま》」

「榎本《えのもと》さんもお疲《つか》れ様《さま》です……」

さすが榎本《えのもと》さん、まだ余裕《よゆう》あるっぽい……。

一緒《いっしょ》に最後のケーキの箱を、裏の大型冷蔵庫に運んでいく。朝には生クリームやフルーツがたくさんあった庫内は、綺麗《きれい》にケーキの箱に様変わりしていた。

見上げるほどに積まれたクリスマスケーキに、俺は圧倒《あっとう》される。

「これ今夜、地震《じしん》とかこないよね……？」

「フラグっぽいからやめて……」

最後のケーキを収めて、念のために庫内を荷締《し》め用ベルトで固定する。これで何かあっても倒《たお》れることはない。

厨房《ちゅうぼう》に戻《もど》ると、雅子《まさこ》さんがスタッフたちに労《ねぎら》いの言葉をかけていた。

「本日はお疲《つか》れさまでした。明日が過ぎれば、しばらく落ち着きます。みんなで乗り切りましょうね」

「はーい」

パートのおばさんたちがにこやかに帰っていく。彼女たちがいなくなった厨房《ちゅうぼう》で、俺と榎《えの》本《もと》さんは気合いを入れた。

今日の後片付けが残っているのと、もう一つ……。

「さてと。それじゃ、ゆーくん。準備はいい？」

「はい。よろしくお願いします」

後片付け……の前に、俺には最後の作業がある。

榎本《えのもと》さんが準備してくれたのは店で使っているスポンジケーキとカットしたフルーツ。そして丁寧にホイップした生クリームだ。

「ひーちゃんへのケーキ、材料はこれで揃《そろ》ってるよ」

「ありがとうございます！」

俺は綺麗《きれい》に梱包《こんぽう》されたエディブルフラワーを用意する。

これから、俺は日葵《ひまり》へのオリジナルケーキを制作するのだ。

「じゃ、わたしは片付けしてるから。もし何かあったら呼んでね」

榎本《えのもと》さんはそう言うと、向こうでオーブンの清掃《せいそう》に入った。

「よし、やるか」

エディブルフラワーを主役にしたケーキ。

構想は、すでにできていた。

まずは店のケーキと同じように、二枚のスポンジケーキで、フルーツと白い生クリームをサンドする。

そしてここからが、大事な工程だ。材料の予備はないけど、ぶっつけ本番でもやってみせる。

パレットナイフを手にして、目の前の円形のケーキにあの日の情景を描《えが》く。

――集中しろ。

昨日のように思い出せる。

よく晴れた日だった。

肌寒《はだざむ》いけど、綺麗《きれい》な空気が気持ちいい。

水は冷たく、渓流《けいりゆう》が太陽の輝《かがや》きを反射してキラキラと輝《かがや》いていた。

まるで渓流《けいりゆう》の中に真っ赤な紅葉《もみじ》並木が沈《しず》んでいるかのような幻想《げんそう》的な光景は、今でも脳裏《のうり》に焼き付いていた。

『アタシたち、ずーっと色褪《いろあ》せない二人でいようね♡』

あのときの日葵《ひまり》の気持ちを再現するように、丁寧《ていねい》に生クリームをすくう。三つのボウルに生クリームを分けて、食紅などで三色の色を付けた。

すっかり色づいた赤、まだこれからという感じの黄色、そして鮮《あざ》やかなオレンジ。三本のパレットナイフで各色を交互《こうご》に重ねるように、スポンジケーキに塗《ぬ》っていく。あえて表面に凹凸《おうとつ》を作り、秋の一面に敷《し》き詰《つ》められた紅葉絨毯《もみじじゆうたん》を表現する。それによって三色が混ざることなく、より互《たが》いの色を引き立て合ってくれる。

（バイトの合間に練習したけど、やっぱり難しい……）

凹凸《おうとつ》はあれど、生クリームの厚みは均等にしなくてはならない。もし一部だけ生クリームが盛り上がれば、一気に不格好な印象になってしまう。

たとえそうなっても、パレットナイフで削《けず》ることはできない。三色の生クリームが混ざってしまうのもNGだ。

（恋人《こいびと》として楽しんでくれたあの日を、日葵《ひまり》が鮮《あざ》やかに思い出してくれるように……）

この小さなケーキの上に、日葵《ひまり》がつい大の字になって寝転《ねころ》がりたくなってしまうような大きな世界が欲《ほ》しい。日葵《ひまり》と一緒《いっしょ》にいるって証《あかし》を刻みたい。そんな美しさを感じながら、ナイフを入れてくれるようなケーキにしたい。

……生クリームを塗《ぬ》り終わった。最後はフルーツの代わりに、新木《あらき》先生に仕入れてもらったエディブルフラワーをちりばめて——。

「……っし！」

俺のガッツポーズに気づいて、榎本《えのもと》さんが手元を覗《のぞ》き込んだ。そして「おおっ……」と感嘆《かんたん》の声を上げる。

「わ、すごいね……」

「かなり緊張《きんちょう》したけど、うまくできてよかったよ」

美しい紅葉《もみじ》の風景を再現したケーキ。

コンセプトを説明するなら……。

「日葵《ひまり》と恋人《こいびと》初デートで行った紅葉狩《もみじが》りをケーキにしてみたんだ」

「確かに、今のひーちゃんが一番喜びそうだね」

でも本当に、奇蹟《きせき》みたいな出来だった。

俺が事前に想定していたよりも、ずっと完成度が高い。フフフと悦《えつ》に入っていると、スマホで写真を撮《と》っていた榎本《えのもと》さんがぽつりと言った。

「ゆーくんって、思い出とか人の感情を、何かで表現するの得意だよね」

「思い出？」

ケーキを収める箱を準備しながら、その何気ない言葉に首をかしげる。

「六月ごろに学校の生徒たちの話を聞いて、オーダーメイドアクセを作ってたじゃん。あのときもすごく好評だったし……一部を除いて」

「あー、確かに……一部を除いて」

ちょっと苦い思い出もあるけど、あの体験も貴重なものだった。

問題はその体験を、まったく活《い》かせていないってことだけど。

ふと思えば、俺はいつもそうだ。東京旅行も、文化祭も、いくら貴重な体験をさせてもらっても、それをどう形にすればいいかわからない。

まだ未熟ってことなんだろうけど……でも、それだけじゃ納得《なっとく》しきれない部分もある。

俺の進むべき道って、どこにあるんだろうか。東京の天馬《てんま》くんや早苗《さなえ》さんみたいに、自分のカラーを持ってるわけじゃない。クリエイターとしての個性と言えばいいのか……。

フラワーアクセは、俺のオンリーワンというわけじゃない。

ネットで探せば、俺よりも巧《うま》い人はいるんだ。

俺の持ってるものといえば、ただ花が好きで、ちょっとクライアントの気持ちを汲《く》み取《と》れるくらいのこと。それがクリエイターとしてのカラーになるとは思えない。

そんな気持ちで、榎本《えのもと》さんの言葉に首を振《ふ》った。

「でも、あのくらいは誰《だれ》でもできるよ。得意っていうほどじゃない」

と言いながら、日葵《ひまり》へのケーキを冷蔵庫に収めた。

よし。あとは厨房《ちゆうぼう》の後片付けを終わらせて、これを持って帰ろう。

「榎本《えのもと》さん。俺は床掃除《ゆかそうじ》を……あれ？」

なぜか榎本《えのもと》さんが目を丸くしていたので、俺も変な顔になってしまった。

「できないよ？」

「え……？」

そう言われて、俺は困ってしまった。

「床掃除《ゆかそうじ》じゃダメかな……」

「いや、そういうことじゃなくて、アクセの話……」

アクセの話？　……さっきの他人の思い出とかを形にする云々《うんぬん》って話か？

てっきりもう終わったつもりでいたから驚《おどろ》いてしまった。俺が呆《ほう》けていると、榎本《えのもと》さんが話を続ける。

「普通《ふつう》、そういうのは無理だよ。他人の心の中を再現するなんて、普通《ふつう》のセンスの人にはできないよ」

「でも榎本《えのもと》さんたちだって、お客さんの要望を聞いてケーキを作ってるし……」

「そりゃ好きなフルーツとか、アレルギーに配慮《はいりょ》することはできるけどね。でも、それって根本的に違《ちが》うことだと思う」

言いながら、榎本《えのもと》さんはケーキ作りの器材を洗い始めた。

「パティシエは、基本的に自分の世界を表現するんだよ。それを他の人が綺麗《きれい》だねって褒《ほ》めることはできるけど、それはあくまでパティシエの内の世界なの」

「よくわからないけどなあ……」

俺も床掃除《ゆかそうじ》をしながら、なんとなしに話を続ける。

「それは、ゆーくんが普通《ふつう》にやってるから実感がないだけだと思う。お客さんの心の中を形にするなんて、普通《ふつう》のセンスじゃ無理だよ。だって、それって他人の心の中が覗《のぞ》けるってことでしょ？　わたし、ずっと『この人は変なことできるんだなあ』って感心してたもん」

「変なこと……」

不意打ちで言われると心にグサッとくるじゃん……。

榎本《えのもと》さんは苦笑《くしょう》しながら、スポンジをもしゃもしゃ泡立《あわだ》てた。

「でも、それって才能だと思うけどな。そんなことができるパティシエっていえば……ほら、大きなホテルとかで特注のウェディングケーキを任される人がいるじゃん。ああいうレベルの人だと思うよ」

「ああ、たまにSNSとかで話題になるやつかあ……」

Twitterとかで動画が上がってるよね。

他業種のものだけど、俺もああいう動画を見るのは好きだ。技術も凄《すご》いし、俺のアクセに活《い》かせないかなって考えることも……。

……え？

俺はモップを落としてしまった。

ぼんやりと呆《ほう》けていると、それがいきなり頭に浮《う》かんだのだ。

——クライアントの大切な記憶《きおく》に花を添《そ》え、アクセサリーに閉じ込める。

ぞくりと、何かが背筋を撫《な》でるような気がした。

これまで当然のようにやっていたことに、名前がついただけ。でも、たったそれだけが、すべてを変えることがある。

『メモリーズ・フラワーアクセサリー』

そんなことが、できるのか？

でも、もし可能なら……それが俺の、クリエイターとしての個性となり得るなら。

これまで暗い闇《やみ》の中を、手探《てさぐ》りで進んでいた。

天馬《てんま》くんや早苗《さなえ》さん……色んな人たちから小さな灯《あか》りを分けてもらいながら、その微弱《びじゃく》な光で足元を照らしながら進んでいた。

でも今、一気に視界が開けた。

道の向こうが、急に見えるような……。

その道の先は、うっすらと霧《きり》がかかっていた。

まだ鮮明《せんめい》ではないけど、何かぼんやりとした輪郭《りんかく》のようなものはわかる。

どうなりたい？

どんなクリエイターになりたい？

イメージしろ。

まずはそれからだ。

最終地点を思《おも》い描《えが》けないのに、進むべき道が選べるはずがない。

がむしゃらに、手当《てあ》たり次第《しだい》に集める経験値も必要だ。

でも大事なのは、それをどう使うのかってことだ。

生かすも殺すも、すべては強固なイメージ次第《しだい》だ。

俺はつい、榎本《えのもと》さんの手を取っていた。

「榎本《えのもと》さん！」

「は、はい……？」

「榎本《えのもと》さんッッ‼」

「はいっ！」

榎本《えのもと》さんが呆然《ぼうぜん》としながら、俺の目を見つめ返す。

その手にあった泡《あわ》だらけのスポンジが、ぽとんと床《ゆか》に落ちた。

俺の胸は高鳴って、よくわかんない感情に溢《あふ》れていた。でも嫌《いや》じゃなくて、むしろすごく気持ちいいっていうか……とにかく、俺は強い閃《ひらめ》きを得た。

俺は今、生まれて初めて自分に期待している。

「俺。今さ、すげえ馬鹿なことを考えた」

「そうなんだ……？」

「もし本当に、これが形にできるなら……」

「う、うん……」

俺は閃《ひらめ》きを、必死に言葉にしようとした。

でも難しくて、本当に何を言えば伝わるのかわからなくて。

ただ必死に、その瞳《ひとみ》を見つめる。

榎本《えのもと》さんの目が、少しだけ戸惑《とまど》いに揺《ゆ》れたとき――。

……なぜかドアの向こうで、雅子《まさこ》さんがにま～っとしていた。

「あら〜♪　遅《おそ》いから見にきたけど……お邪魔《じゃま》だったかしら？」

俺たちは、自分たちの体勢に気づいた。

「…………」

「…………」

ハッ！

慌《あわ》てて離《はな》れると、俺はモップを拾った。榎本《えのもと》さんはスポンジを新しいのに替《か》えて、わしゃわしゃと泡立《あわだ》て始める。

そして何事もなかったかのように掃除《そうじ》を再開した。

雅子《まさこ》さんがツーンと唇《くちびる》を尖《とが》らせた。

「もう、二人とも恥《は》ずかしがり屋さんね〜」

「お母さん、うるさい。何か用？」

榎本《えのもと》さんがものすごく不機嫌《ふきげん》そうに言う。

いや、わかるけどね。さすがに俺も恥《は》ずかしすぎて消えてなくなりたい……。

「あ、そうそう！　準備できたから、片付け終わったら家のリビングのほうにきてねぇ」

「準備？」

俺と榎本《えのもと》さんは、二人で顔を見合わせた。

片付けを終え、リビングへ向かった。

入った瞬間《しゅんかん》、パーンッとクラッカーが鳴る。その持ち主である雅子《まさこ》さんが、非常に嬉《うれ》しそうに声を上げた。

「榎本《えのもと》家のクリスマス会へようこそ～！」

「………」

すでにテーブルにはパーティの準備が整っていた。マジでいつの間に……。

榎本《えのもと》さんが唖然《あぜん》としながら聞く。

「お母さん、どうしたの……？」

「我が娘《むすめ》ながら、なんて色気のないリアクションなのかしら。明日は大忙《おおいそが》しだから、代わりに今日クリスマス会をしようと思ったのに～」

「これまで、そんなことしなかったじゃん……」

「凛音《りおん》が乗ってくれなかったから、やらなかったの～。お母さんはず～っとやりたかったんですからね！」

「……あ、そう」

榎本《えのもと》さんが、申し訳なさそうに聞いてくる。

「ゆーくん、時間ある？」

「もちろん大丈夫《だいじょうぶ》だけど……あっちが気になる」

ソファに先客がいた。

裏の寺に住むチャライケメンである。

真木島《まきしま》はワイングラスにファンタグレープを揺《ゆ》らしながら、ニヤニヤ笑っていた。

「ナハハ。まるでオレがいては悪いような言い方ではないか。誰《だれ》のおかげで、こうして無事に年末を迎《むか》えられたと思っている？」

「期末テストのときはありがとうございました！　生意気言ってすみません！」

以前の雅子《まさこ》さんの言葉通り、期末試験はバイトの合間に真木島《まきしま》に習っていた。

……初めて知ったけど、こいつ意外にも勉強教えるの上手《うま》いんだよな。勉強わからないやつの気持ちをわかってるというか。

雲雀塾《ひばりじゅく》が剛《ごう》の勉強会だとしたら、こいつの教え方は初心者に優《やさ》しい柔《じゅう》の勉強会。自分でも何言ってるのかよくわかんないけど、そう感じるからしょうがない。

その真木島《まきしま》の隣《となり》が空いていたので、そこに座った。

「真木島《まきしま》、家族のクリスマス会とか参加するタイプだったんだな」

「こんな美少女と美魔女《びまじょ》の聖夜を独《ひと》り占《じ》めする権利をナツ一人に与《あた》えるのは、オレとしても心が痛むからな。世界の均衡《きんこう》を保つための労働というわけだ」

「幼馴染《おさななじみ》とそのお母さんの前でそういうこと言うの、少しは躊躇《ためら》いないわけ？」

「ハッ。今更《いまさら》だな。この程度で恥《は》ずかしがっていては、女を口説くことはできんよ。貴様も少しは慣れておいたほうがいい」

そして対面に座る榎本《えのもと》さんへ呼びかけた。

「ほらリンちゃん。ナツが愛の言葉を囁《ささや》く練習台になってやりたまえ」

「意味わかんねえよ。榎本《えのもと》さん、真面目に聞かなくていいから」

すると榎本《えのもと》さんは、あっさりうなずいた。

「いいよ。運命共同体《しんゆう》だし」

「いいんだ……」

とか言いながら、いつでも迎撃《げいげき》できるようにアイアンクローの構えを維持《いじ》すんのマジでやめて……。

そこへ雅子《まさこ》さんが、出来合いのオードブルを持ってきた。

「は～い。それじゃあ、みんなも着替《きが》えてね～」

「着替《きが》え？」

順々に渡《わた》されるのは、ドンキのビニール袋《ぶくろ》に入ったクリスマスコスチュームだった。……そういえば文化祭で井上《いのうえ》&横山《よこやま》コンビがこんなの着てたなあ。

しかしノリノリで渡《わた》されたそのコスチューム、誰一人《だれひとり》として着ようとしなかった。当然ながら、高校生の身内パーティでこれはキツすぎる……。

俺のはトナカイのパーカーだった。

「さ、夏目《なつめ》くんも♪」

「いや、俺はこういうの似合わないですし……」

「大丈夫《だいじょうぶ》よ。いつも女の子の尻《しり》に敷《し》かれてる感じ、すごくトナカイっぽいわ♪」

「うるせえやってやるよ！」

うまいこと着ることを了承《りょうしょう》させられてしまった……。

榎本《えのもと》さんも「ゆーくんがやるなら……」と言って、渋々《しぶしぶ》サンタのコスチュームを持って立ち上がる。

「榎本《えのもと》さん、いいの？」

「お母さん、こうなるとしつこいから……」

着替《きが》えに出て行く榎本《えのもと》さんの後から、雅子《まさこ》さんがついていこうとする。

「私も～っ！」

「や・め・て」

榎本《えのもと》さんが、その頭をガッと摑《つか》んだ。

「え～、でもでも～……」

「この年でお母さんのサンタコスとか見たくない」

「ぶ～っ」

うーん、榎本《えのもと》さんの気持ちはよくわかる。

俺も咲姉《さくねえ》さんがこんな服を着ようとしたら、全力で止めると思う。日葵《ひまり》のサンタコスとかだったら見たいけど。

結局、雅子《まさこ》さんはサンタ帽子《ぼうし》だけ被《かぶ》ることになった。

真木島《まきしま》は慣れ切った様子で、俺と同じくトナカイのパーカーを被《かぶ》る。そして躊躇《ちゅうちょ》ゼロでオードブルに箸《はし》を伸《の》ばした。

「それでは、さっさと飯でも食うか」

「おまえ、よそ様の食卓《しょくたく》でもまったく遠慮《えんりょ》がねえな」

「ナハハ。子供の頃《ころ》から世話になっておるからな。ほれ、ナツも食え。このローストビーフはうまいぞ」

「じゃあ、まあ、いただきます」

精肉店『ミートショップおおた』の自家製ローストビーフ。

地元の和牛を使用した絶品ローストビーフ。ウェルダンに仕上げられた肉は見た目からは想像できないほど柔《やわ》らかく、老若男女《ろうにゃくなんにょ》問わずに食べられる。

またスパイスも絶妙《ぜつみょう》で、ソースなしでもイケるほどだ。いや、むしろソースなしのほうが美《う》味《ま》いかもしれない。

その他にも、たくさんのオードブルが並んでいた。真木島《まきしま》と一緒《いっしょ》に、思春期男子の胃袋《いぶくろ》に詰《つ》め込んでいく。

そういえばバイト中、食べる時間なくて腹減ってたんだよな。その俺たちの食いっぷりを眺《なが》めながら、雅子《まさこ》さんが嬉《うれ》しそうにニコニコしていた。

「時間なくて買ってきたやつでごめんなさいね～？」

「いえ。すごく美味《おい》しいです」

「あ、こっちの唐揚《からあ》げも美味《おい》しいわよ。中華屋《ちゅうかや》さんで買ってきたの」

「こんなに用意してもらってすみません」

「未来のお婿《むこ》さんのためだから、気にしなくて平気よ♪」

「そのジョークを聞くのも、最後かと思うと寂《さび》しいかもしれませんね」

「…………」

「返事して⁉　ねえ、スルーしないで⁉」

そこに榎本《えのもと》さんが戻《もど》ってきた。

王道のドレスタイプの衣装《いしょう》で、雅子《まさこ》さんと同じ帽子《ぼうし》を被《かぶ》っている。

「もう食べ始めてる……」

「あ、榎本《えのもと》さん。すごく似合うね」

ぎゃあっ。

ていっと流れるような鼻フックを喰《く》らった。食べようとした唐揚《からあ》げをテーブルの上に落としてしまう。

「ぎゃあ！　何故《なにゆえ》に⁉」

榎本《えのもと》さんがぷんぷんと俺を叱《しか》る。

「カノジョ持ちの男子が他の女の子を軽々しく褒《ほ》めちゃダメ」

「いや、今のは普通《ふつう》の感想では？」

真木島《まきしま》がニヤニヤする。

「リンちゃん、ずいぶんと余裕《よゆう》がないではないか？　そもそも、褒《ほ》められたくなければ着替《きが》えなければいいのになァ？　ほんとは褒《ほ》めてほしくてしょうがないのではないか？」

「……しーくん。冷蔵庫の中にある生クリーム、全部、口の中に詰《つ》めてあげようか？」

「やめろ。ジョークだ。本気で余裕《よゆう》がなさすぎるぞ……」

雅子《まさこ》さんが「夏目《なつめ》くんを巡《めぐ》って、幼馴染《おさななじみ》が火花を散らす……青春だわ！」とか目をキラキラさせている。たぶんそれ違《ちが》います……。

「あ、映画でも見ましょうか。みんなは何が見たいかしら？」

雅子《まさこ》さんがテレビでネトフリを表示した。

「俺は何でも……」

「わたしも何でもいい」

「オレも何でもいいなァ」

「この子たち、揃《そろ》いも揃《そろ》って高校生らしくないわねぇ」

雅子《まさこ》さんが好きな恋愛《れんあい》リアリティショーを点《つ》けた。あのアレだ。男女の集団が意中の相手を懸《か》けて火花を散らすやつ。

正直に言うと、ちょっと苦手な番組だ。

「俺、これはちょっと……」

「わたしもどうかと思う」

「オレも気が進まんなァ」

「もう！　揃《そろ》いも揃《そろ》って現代っ子なんだから！」

結局、クリスマスの定番『ホーム・アローン』に決定する。

「これ、結末知ってても笑っちゃうんですよねぇ」

「そうよねぇ。わかるわ」

おい真木島《まきしま》、映画に合わせて驚《おどろ》かそうと構えてんじゃねえぞ……。

それから、ゆったりした映画の時間を楽しむ。ちなみに榎本《えのもと》さんが一番真剣《しんけん》に視《み》ていた。可愛《かわい》い。

その間に日葵《ひまり》から『明日午後１時でおけ？』とラインがきたので、『おけ』と返信……あ、テレビで笑った拍子《ひょうし》に『桶《おけ》』になってしまった。……まあ、意味は通じるだろ。

(……そっか。明日の今頃《いまごろ》は、日葵《ひまり》と一緒《いっしょ》にクリスマスか)

デートの予定は完璧《かんぺき》だ。

まず昼頃《ひるごろ》に落ちあって、映画に行く。日葵《ひまり》が見たいって言ってた恋愛《れんあい》のやつだ。

あいつは映画の後は感想を語り合いたいタイプなので、ちょっと小洒落《こじゃれ》たカフェもリサーチ済み。

その後は町のダーツスタジオとかで時間を潰《つぶ》す。三つくらい候補があるし、そこは気分で決めよう。山の展望台で、暗くなっていく町を眺《なが》めるのもいいかもしれない。

そして最後に、俺の家でクリスマス会をする。

ささやかだけど、日葵《ひまり》はきっと喜んでくれるはずだ。そこでプレゼントのクリスマスケーキを一緒《いっしょ》に食べて、穏《おだ》やかな時間を過ごす。ちゃんと日葵《ひまり》の家に送っていくのも忘れない。

どうだ、この完璧《かんぺき》なデートプランは。

三年前まで花を愛することしか考えてなかった俺も、こうやって可愛《かわい》いカノジョとの理想のデートプランを組み立てるようになった。あの頃《ころ》の俺にそう言っても、たぶん信じないだろうな。マジで人生ってわかんねえよ。

フフフ……と明日のデートに思いを馳《は》せていると、隣《となり》で真木島《まきしま》たちがドン引きしていた。

「……ナツ。なんか顔が気持ち悪いぞ」

「……ゆーくん。暗い中でそれはちょっと」

ヒドすぎねえ？

しかし残念ながら、この場では多数決で負ける。俺は素直《すなお》に表情筋を引《ひ》き締《し》めた。そのとき
ちょうどテレビで、泥棒《どろぼう》が家の窓から放り出されて笑ってしまう。

そんな感じで2時間ほど経《た》った頃《ころ》。

ふいに雅子《まさこ》さんが、額を押さえて唸《うな》った。

「あいたた……」

「どうしました？」

体調が悪いのかと思って身構えた。

雅子《まさこ》さんは「大したことないから大丈夫《だいじょうぶ》よ」と苦笑《くしょう》する。

「ごめんなさい。私、ちょっと疲《つか》れちゃったみたいだわ。先に休ませてもらってもいい？」

「あ、はい。もちろんです。片付けは任せてください」

クリスマスパーティの主催者《しゅさいしゃ》が抜《ぬ》けたことで、自然とお開きの流れになる。

真木島《まきしま》はさっさと帰った。

「では、後は水入らずの時間を過ごしたまえ」

「いや手伝えし」

「ナハハ。オレは冬休みの宿題をしなきゃいかんからなァ。ま、今回はゲスト枠《わく》ということで

勘弁《かんべん》したまえ」

「まあ、いいけど……」

榎本《えのもと》さんと一緒《いっしょ》に、手際《てぎわ》よく片付けを済ませる。この一か月ほどのバイトで、この手の作業に慣れてしまった。

俺はテーブルの上を綺麗《きれい》に片付け、榎本《えのもと》さんは洗い物を済ませる。

「サンタコスにエプロンって、なんかシュールだね」

「トナカイがお皿運んでるのも変だよ」

「店長が言った通り尻《しり》に敷《し》かれてる……」

「ふふっ」

うーん。

なんかバイトのせいで馴染《なじ》みすぎてて怖《こわ》いな……。日葵《ひまり》とだったら……こうはいかねえだろうな。あいつ家事は基本的に苦手だし。

「それより店長、大丈夫《だいじょうぶ》かな？」

「ここ最近、ちょっと咳《せき》してたけど……まあ、大丈夫《だいじょうぶ》じゃない？　あの人、健康だけが取《と》り柄《え》みたいなところあるし」

「この前もそんなこと言ってたね……」

何にせよ、榎本《えのもと》さんたちは明日が山場だ。

それを越《こ》えれば、店長も少しはゆっくりすることができるはず。

「このくらいかな？」

「うん。もう大丈夫《だいじょうぶ》だよ」

リビングは綺麗《きれい》に片付いた。

時計を見れば、もう午後9時前だった。さすがにそろそろ帰らなきゃ、と思ったとき、まだ言い忘れていたことがあるのに気づく。

「あのさ、榎本《えのもと》さん」

「どうしたの？」

「今回のバイトで、俺、また何か摑《つか》めそうなんだ。これも全部、榎本《えのもと》さんのおかげだ」

「…………」

榎本《えのもと》さんは小首をかしげ、じっと俺を見ていた。

「俺、すごいクリエイターになる。榎本《えのもと》さんがサポートしてくれるに値《あたい》するっていうか……とにかく、そんなクリエイターになっていつか恩返しできるように頑張《がんば》るよ」

……なんか言ってる間にこっ恥《ぱ》ずかしくなってきて、つい早口になってしまった。

とにかく言いたいことは言った。

俺は厨房《ちゅうぼう》の冷蔵庫から、日葵《ひまり》へのプレゼントのケーキを取り出した。そして玄関《げんかん》で、慌《あわ》てて靴《くつ》を突《つ》っかける。

「そ、それじゃあ、俺も帰るね」

「あ、ゆーくん……」

ふと呼び止められて、振《ふ》り返《かえ》る。

榎本《えのもと》さんは何か躊躇《ためら》いながら……にこっと微笑《ほほえ》んだ。

「明日のひーちゃんとのデート、頑張《がんば》ってね」

俺はうなずいた。

「うん」

店を出ると、すっかり寒くなった冬の空気が迎《むか》えた。

明日は日葵《ひまり》との、恋人《こいびと》としての初めてのクリスマスだ。

♡♡♡

夜が明けて、クリスマスイブの早朝。

わたしはいつも通り、スマホのアラームで目を覚ました。

ベッドの上でぼんやりと天井《てんじょう》を見上げる。思《おも》い浮《う》かべるのは、昨日のゆーくんの言葉。

「……すごいクリエイターになって恩返しする、ね」

そんな言葉が欲《ほ》しいわけじゃないんだけどな。……まあ、いいけど。あの人、悪意があって言ってるわけじゃないし。

ぐっと伸《の》びをして……少しだけ違和感《いわかん》を覚えた。

「……あれ？　お母さん、まだ起きてないのかな？」

家の中が静かすぎる。

お母さんはもう厨房《ちゆうぼう》で準備してるはずなのに……。

部屋を出て、階段を下りていく。

「お母さん。まだいる……え？」

何気なく覗《のぞ》いたリビング。

……お母さんがソファでぐったりとしていた。

「お、お母さん⁉」

「あ～、凛音《りおん》、いいところに起きてきたわね……」

「どうしたの？　わ、熱が……」

「うふふ。昨日、お薬飲んで寝《ね》たのにねぇ……」

すごく顔が熱い。

お母さんの部屋は一階だから、慌《あわ》ててベッドに引きずっていった。

「とにかく寝《ね》てなきゃダメじゃん」

「でもお店の準備しなきゃ……」

「それはわたしがやるから。パートさんたちに風邪《かぜ》移しちゃうよ」

「う～……」

お母さんの額に、冷蔵庫から持ってきた冷えピタを貼《は》る。……いつから置いてるのか覚えてないけど、使えないことはないよね？

キッチンでお粥《かゆ》の準備をしながら、わたしは頭を抱《かか》えた。

「どうしよう。ずっと咳《せ》き込んでるのは知ってたけど、まさかお母さんが風邪《かぜ》ひいちゃうなんて……」

とにかく、わたし一人でやんなきゃ。今日は予約分のケーキ販売《はんばい》がメインだし、わたしだけでも何とかなるはず……。

お粥《かゆ》と風邪《かぜ》薬を持って、お母さんの部屋に戻《もど》った。脇《わき》に挟《はさ》んでいた体温計を見てみる。

「……38℃。やっぱり寝《ね》てて」

お母さんは弱々しく微笑《ほほえ》んだ。

「凛音《りおん》、ごめんねえ」

「もう。本当に体調悪かったなら、ちゃんと言ってよ」

「うふふ。だって凛音《りおん》が楽しそうだったから、つい言いそびれちゃって……」

「え……」

何気ないお母さんの言葉に、わたしは息を呑《の》んだ。

ここ数か月……。

いや、四月からずっと、わたしは〝you〟の活動を手伝うことが多かった。

部活を休むことも多かったけど、問題は洋菓子店《ようがしてん》の仕事も抜《ぬ》けることが増えていたことだ。

それが、そのままお母さんの負担になっていたら？

「……もしかして、わたしのせいなのかな？」

自室で準備をしながら、わたしは独り言《ひとりごと》ちた。

わたしがずっと、ゆーくんのことばかり考えてたから……。お店で長くやってくれてたパートさんが抜《ぬ》けて、新しいバイトさんもこなくて忙《いそが》しいのは知ってたのに……。

お店より自分の恋《こい》を優先しちゃったから？

お母さんが咳《せ》き込んでたのも気に掛《か》けることはできたのに……。

「……ほんとに一人で、できるのかな？」

これまでお母さんがいない状況《じょうきょう》はなかった。

いつも手伝いはしていたけど、その仕事をすべてこなせるか……。

「迷ってる暇《ひま》はないよね。頑張《がんば》らなきゃ」

とりあえず、今日を乗《の》り越《こ》えればいい。

明日は25日でクリスマス当日だけど、ケーキの販売数《はんばいすう》はぐっと減る。むしろお店の装飾《そうしょく》の片付けがメインになるほどだ。

そうなれば、とりあえず年明けまで落ち着く。

「やるぞーっ！」

わたしは店に出ると、開店の準備を始めた。

早朝のパートさんたちにお母さんの風邪《かぜ》のことを説明する。いくつか焼き菓子《がし》を準備して、後は販売《はんばい》に専念するように伝えた。

例年通りなら、一番のピークは開店直後。

この日だけの限定ケーキを目当てにきたお客さんたちに、一緒《いっしょ》に予約分を渡《わた》していくことになる。おそらく昼過ぎには、ほとんどが捌《は》けるはず。

案の定、店内の準備が整う頃《ころ》には店の前に列ができた。

開店と同時に、たくさんのお客さんが入ってくる。注文を間違《まちが》えないように、慎重《しんちょう》に対応していく。

販売《はんばい》は順調だった。

……むしろ順調すぎた。

異変に気付いたのは、昼前のことだった。

「まずい。ケーキ足りない……」

例年よりもお客さんの入りがよかった。予約分で準備していたケーキだけじゃなくて、当日販売《はんばい》のケーキもよく売れた。

つまり店頭のショーケースの中が、瞬《また》く間《ま》に空っぽになっていったのだ。

クリスマスに洋菓子店《ようがしてん》のショーケースが空っぽなんて論外だ。慌《あわ》ててパートさんたちに指示を出して、当日販売《はんばい》分のケーキを作っていく。

パートのおばさんが、心配そうに言ってくれた。

「凛音《りおん》ちゃん。さっきから働きっぱなしだし、少し休憩《きゅうけい》したほうが……」

「大丈夫《だいじょうぶ》です！　それよりフルーツの在庫は……」

冷蔵庫を開けて、フルーツの在庫を確認《かくにん》する。

……ギリギリ大丈夫《だいじょうぶ》かな？

これがなくなったら、さすがに品切れって言わなきゃ……でも、お母さんがいないのに、そんなこと決めていいのかな？

もし午後もお客さんが途《と》切《ぎ》れなかったら……クリスマスにケーキがないとか噂《うわさ》になったら、お店の評判が……あ、そもそもこのフルーツ、明日のケーキの分だったはず……今から青果店に電話を……あれ？　そもそも今日、店休日じゃ……。

ぐるぐると目が回っていく感覚があった。

おかしい。いつもクリスマスはこのくらい平気でやってるのに。

わたしがちゃんとやんなきゃ。これまでお母さんに負担かけてた分、わたしが頑張《がんば》らなきゃいけないのに……。

そのとき、店の電話が鳴った。

「は、はい！　お菓子《かし》の家『ケット・シー』です！」

それはお得意様の、近所の病院からだった。

電話口で話を聞くにつれて、わたしの顔から血の気が引いていく。

「……ホールケーキ10個ですか？」

毎年、ここは入院患者《かんじゃ》さんのクリスマス会のために、大口の注文をしてくれていた。今年は注文がなかったからどうしたのかなって思ってたんだけど……他のお店に注文してたんじゃなくて、うっかり注文を忘れていたのだという。

「か、かしこまりました。ケーキの種類は在庫を見て選ばせていただいても……はい。アレルギーのほうはお知らせいたします。それでは午後3時にお待ちしております……」

受話器を置くと、パートのおばさんが言った。

「凛音《りおん》ちゃん。受けちゃってよかったのかい？」

「で、でも、お得意様だし、やらなきゃ……」

慌《あわ》てて冷蔵庫の中をチェックした。

「とりあえずスポンジケーキは裏の冷蔵庫にあるので、そちらをまず準備してください。そしてフルーツは、ここにあるものでギリギリ足りると思うので……あっ！」

イチゴをカットしようと、冷蔵庫からパックを取り出した瞬間《しゅんかん》。

わたしの足がもつれて、その場に転んだ。手にしていたイチゴのパックが床《ゆか》に落ちて、中身が転がり出てしまった。

厨房《ちゅうぼう》が、しんと静まり返る。

「…………」

ど、どうしよう……。

とりあえず青果店に電話を……あれ？　さっき店休日って言わなかったっけ？　じゃあ、どうすれば……残ったフルーツだけじゃボリュームが足りない……まさか生クリームだけのクリスマスケーキとかあり得ない……。

アタシが震《ふる》えていると、パートのおばさんが優《やさ》しく肩《かた》を叩《たた》いてくれる。

「凛音《りおん》ちゃん。片付けと、スポンジケーキは準備しておくから。少し休憩《きゅうけい》しておいで」

「あ、ありがとうございます……」

ふらふらと厨房《ちゅうぼう》を出る。

リビングのソファに座って、ふうっと息をついた。冷静になれば、自分がどんなにテンパっていたかよくわかる。

「どうしよ。勢いで引き受けちゃったけど、間に合うのかな……」

今から注文をキャンセルするなんて……うちの店を頼《たよ》りにしてくれてるお得意様にそんなことはできない。でも材料ばかりは、どうすることも……。

午後からはパートさんも減るし、人手も足りなくなっちゃう。せめてケーキの仕上げを任せられる人がいれば……そんな人が都合よく転がってるわけないし……。

「どうしよう……どうしよう……」

お母さんの部屋を覗《のぞ》いてみると、ぐっすりと眠《ねむ》っていた。

今はそっとしておかなきゃ……わたしが……。

でも、わたしに何ができるの？

人手が足りない。

材料も足りない。

そんな状態で、わたしに何かできるとは思えない。

「こんなとき、お姉ちゃんがいれば……」

つい弱音を吐《は》こうとして、慌《あわ》てて首を振《ふ》った。

「いない人のこと考えても、しょうがないし。今、できることをやんなきゃ……」

とりあえず、しーくんに電話してみた。

……返答はわかりきってたけど。

『はあ？　オレみたいな素人《しろうと》を厨房《ちゅうぼう》に入れたところで、余計に負担が増えるだけであろう？』

「で、でも、いないよりは……わたしは今から、近所の青果店でフルーツを探すから……」

『そもそもオレは、これからカノジョとデートだ。そんな暇《ひま》はない』

「〜〜〜ばかしーくん！」

しーくんがため息をついた。

『というか、助《すけ》っ人《と》を頼《たの》むなら人選が違《ちが》うのではないか？』

「え？」

『どうして真っ先にナツに連絡《れんらく》せんのだ？　オレなんかより、よほど現実的であろう？』

「で、でも、ゆーくんは、ひーちゃんとデートだし……」

『……それでオレはこき使っていいという理屈《りくつ》は納得《なっとく》できんが、まあ、別にお願いするだけならタダであろう？』

「そんなこと……」

わたしが躊躇《ためら》っていると、しーくんが軽薄《けいはく》に笑った。

『東京旅行で一皮むけたと思ったが、やはりリンちゃんは変わらんな』

「ど、どういうこと……？」

『本当に、貧乏くじのいい、いい、いい子ちゃんだよ』

「……っ！」

思わず通話を切ってしまった。

スマホを握《にぎ》って、はあっとため息をつく。

疲《つか》れて目をつむると、思《おも》い浮《う》かぶのは真剣《しんけん》な表情でクリスマスケーキを作るゆーくんだった。

紅葉《もみじ》絨毯《じゅうたん》を表現した、世界で一つだけのケーキ。

ひーちゃんのためだけに作るケーキ。

キザでカッコつけだと思ったけど、ちょっとだけ羨《うらや》ましかった。

「……ダメだよ。わたしはゆーくんの運命共同体《しんゆう》なんだから」

ゆーくんとひーちゃんの邪魔《じゃま》しちゃダメ。

わたしはゆーくんを諦《あきら》めるって決めたんだから。

自分で決めたんだから、自分で守らなきゃダメだよ。

でも……。

「なんでいつも、わたしばっかり我慢《がまん》しなきゃいけないの……?」

……ゆーくんってズルいよね。

いつもわたしのこと大事って言うくせに、一番欲しいものは絶対にくれないんだもん。

ひーちゃんもわたしのこと友だちって言うくせに嘘《うそ》つくし。

わたしの恋《こい》、応援《おうえん》するって言ったじゃん。

わたしがゆーくんのこと、まだ好きなのわかってるよね？

いつも自分ばっかりいいところ持っていって、わたしには何もないし。

どんなに強い人だって、思い出だけで生きていけるわけないじゃん。


……このまま一生、貧乏《びんぼう》くじのいい子ちゃんで終わるのかな？


「……あれ？」

ふと目を覚まして、ソファから飛び起きた。

まずい、寝《ね》ちゃってた！

「どのくらい……わ、1時間も経《た》ってる⁉　ああもう、とにかくフルーツを節約して、ちょっと価格を下げよう！」

バタバタと身支度《みじたく》を終えて、慌《あわ》てて厨房《ちゅうぼう》に向かった。

ひどい顔になってる。

こんな状態でパートさんたちの前に出たくないけど、そんなこと言ってらんないし。

「遅《おく》れてすみません！　スポンジケーキは準備できて……え？」

厨房《ちゅうぼう》のドアを開けて、わたしははたと立ち止まる。

そこには、なぜかゆーくんがいた。

一瞬《いっしゅん》、まだ夢の中だと思った。

ゆーくんは昨日までと同じようにうちの制服を着て、一心にケーキを仕上げている。

その手元にあるのは、三色の生クリームで仕上げたオリジナルケーキ。

赤、黄色、オレンジを重ねて塗《ぬ》り上《あ》げて、綺麗《きれい》な紅葉絨毯《もみじじゅうたん》を描《えが》く。

そしていつの間にか起きていたお母さんに、真剣《しんけん》な表情で聞いていた。

「どうですか？」

「………………」

お母さんが生クリームを味見して、うんとうなずいた。

「いいわね。これでお願いします」

「ありがとうございます！」

お母さんはマスクをしながら、こちらに気づいた。

「あ、凛音《りおん》。お寝坊《ねぼう》さんねぇ」

そこでようやく、わたしは我に返った。

「お母さん、大丈夫《だいじょうぶ》なの？」

「ええ。少しよくなったから様子を見にきたんだけど、大変なことになっているじゃない。トラブルが起きたら、すぐに言わなきゃダメよ？」

「ご、ごめんなさい。お母さん、寝《ね》てたから……」

それよりも、とゆーくんのほうに目を向けた。

ゆーくんは、あまりに自然に立っている。本来、ここにいちゃいけないのに。でも、やっぱりこれは夢じゃない……。

「ゆーくん。なんで……？」

「さっき真木島《まきしま》から連絡《れんらく》きたんだよ。店長が風邪《かぜ》ひいて大変だから手伝ってやれって。イチゴとかも買ってこようかと思ったんだけど、勝手に選んでいいかわかんなかったからさ」

「そういうことじゃなくて……」

「あ、この花のケーキ？　試作用に買ってたエディブルフラワーが余ってたから持ってきたんだよね。ダメもとで店長に聞いたら、これで作ってみろって言われて……」

「そういうことじゃなくて！」

わたしが声を荒《あら》らげたので、ゆーくんは眉根《まゆね》を寄せた。

時計を見れば、もう午後1時を回っている。あの面倒《めんどう》くさい恋人《こいびと》ムーブのひーちゃんが、遅《ち》刻《こく》を許してくれるわけない。

「ひーちゃんとのデートは？」

「いや、そんなこと言ってる場合じゃないでしょ。いくら販売メインだっていっても、今日が忙《いそが》しくないわけないし……」

ゆーくんは、あまりにも当然という感じで笑った。

「いつも榎本《えのもと》さんには助けてもらってるんだから、たまには俺が助けないとさ。でなきゃ運命共同体《しんゆう》とか言えないよ」

「……っ」

一瞬《いっしゅん》だけ、息が止まったような気がした。

この言葉に、深い意味があるとは思えなかった。というか、そういう人じゃないし。ただ自然に、友だちのために助けにきたんだよって言っただけ。

そう、昨日と何も変わらない。

この人はわたしのことを友だちとしか思ってないし、ひーちゃんが好きなのも変わっていない。下手すればこの言葉も使い回しで、もうひーちゃんのために使い古されたものを言われただけなのかもって思うと、それはそれですごく複雑だけど……。

でも、今だけは——わたしが世界でこの人の〝一番〟だった。

その事実が、わたしの心に残った初恋《はつこい》の棘《とげ》を優《やさ》しく抜《ぬ》くような気がした。

◇◇◇

クリスマス・イブ、お昼前のことだった。

アタシは自分の家で、悠宇《ゆう》とのデートに備えていた。

可愛《かわい》い服を選んで、ばっちりメイクを決めて、悠宇《ゆう》へのクリスマスプレゼントも用意した。

部屋の姿見の前でビシッとポーズを決めて、今日も最強に可愛《かわい》い自分を再確認《さいかくにん》する。

そして決意を込《こ》めて、じっと自分を睨《にら》んだ。

「……ちゃんと悠宇《ゆう》に言おう」

アタシも仲間に入れてって。

変な意地張ってゴメン、また三人で〝you〟としてやっていこうって。

えのっちがリーダーでいい。

アタシはちゃんとモデルとして、悠宇《ゆう》の力になるんだ。

えのっちにも、ちゃんと謝らなきゃ。ひどいこと言ってゴメン、これまでたくさん嘘《うそ》ついてゴメンって。

でも……。

「うがあ〜……っ！　怖《こわ》いよぉ〜〜〜っ!!」

一人でベッドの上でじたばたする。

ハッとして起き上がった。姿見でスカートの皺《しわ》をチェックする。……よし、ギリセーフ。絶対にアウトだけど、悠宇《ゆう》のことだから気にしないはず。あいつはそういう男だ。そこも好き。

「いかん。取り乱すな、アタシ……」

もし、えのっちが『ペナルティとして恋人《こいびと》の座をくれ』って言ったら？

アタシの脳裏《のうり》に、えのっちが長スカートのセーラー服で「オラ、全部出しな！」って……いやいや、いつの時代の女番長だよ。

でも、本当にそんなことになったら？

「やだやだやだ！　アタシだって悠宇《ゆう》のこと本気で好きなのにーっ！　渡《わた》したくないよーっ！」

でも、それでも……。

「……アタシのやったことだもん。ちゃんと辻褄《つじつま》は合わせなきゃ」

鏡のアタシに向かって、アタシは決意を表明する。

ここからまた、始めるんだ。

悠宇《ゆう》が、最後にはアタシを選んでくれるように。

大丈夫《だいじょうぶ》。

ちゃんと正面から向き合えば、結果は返ってくる。

それこそが運命共同体《しんゆう》の第一歩だってお兄ちゃんも言ってた……ような気がする。え、言ってたよね？　まあいいか。あの人のことだし、たぶん言ってるでしょ。

……大丈夫《だいじょうぶ》だよね？

アタシの胸に、ちくりと棘《とげ》が残る。

文化祭での、季節外れの月下美人。

あの鮮烈《せんれつ》なイメージが、未《いま》だに拭《ぬぐ》えずにいた。

もし悠宇《ゆう》が、アタシよりえのっちのことを選んだら……。

「……ええい、やめやめ！　アタシらしくないぞーっ！」

ぺちぺちと頬《ほお》を叩《たた》いた。

うし、そろそろデートの時間だ。チョーカーを手に取り……んん？

スマホが鳴っていた。電話？

あ、悠宇《ゆう》からじゃん！

「悠宇《ゆう》、やっほーっ！　アタシも今、準備終わったところだよー♪」

と、悠宇《ゆう》が申し訳なさそうに言った。

『…………』

「え？　……あ、そうなんだ。あー……いや、大丈夫《だいじょうぶ》！　それならしょうがないよ。えのっちのお店、手伝ってあげてね。うん……わかった。また終わったら連絡《れんらく》して」

通話を切った。

えのっちのお店のヘルプに入るから、デートを遅《おく》らせてほしいということだった。

まあ、えのっちママが風邪《かぜ》っていうならしょうがない。

クリスマスはケーキ屋さんにとって大事な日だし、少しでも人手が欲《ほ》しいのもわかる。

……わかる、けど。

「……悠宇《ゆう》が、アタシの約束よりえのっちを優先した？」

アタシは自然と、肩《かた》が震《ふる》えるのがわかった。

そんな馬鹿な。

こんなの、まさか……。

身体《からだ》の奥底から湧《わ》き出《で》るような、抗《あらが》いがたい感情を自覚する。

「……プふ」

そしてアタシは――その場で高笑いを上げた。

「ぷっはっはっはーっ！　まさかこの土壇場《どたんば》でチャンスがやってくるとはなーっ！　さすがアタシ、やっぱり神に愛されているとしか思えない！」

アタシの奇声《きせい》を聞きつけたお母さんが、ドン引きしながら部屋を覗《のぞ》いた。

「日葵《ひまり》、どうしたの？　悠宇《ゆう》くんとデートじゃなかったの？」

「悠宇《ゆう》が遅《おく》らせてくれってさー。あ、今日は晩御飯《ばんごはん》いらないからねー☆」

「あ、そうなの。……その割に嬉《うれ》しそうね？」

「んふふー。まあね！」

ルンルンと鼻歌を歌いながら、アタシはしたり顔で考える。

これは使えるのでは？？？

『アタシは〝you〟を抜《ぬ》けて、えのっちは恋人《こいびと》生活を邪魔《じゃま》しない』

約束を破ったのはえのっちだし、今回はアタシ悪くないし？

いやー、しょうがないよなー。アタシもこんなことするのは胸が痛むけど、アタシと悠宇《ゆう》のパーフェクトライフを守るためにはしょうがないよなー♪

ベッドにダイブして、バタバタ脚《あし》をばたつかせる。

「ぷっはっはー。アタシは最強の美少女、日葵様《ひまり》！　運すらも味方につけてしまう可愛《かわい》さが罪だねー。この覇道《はどう》を邪魔《じやま》するものなど存在しないのだ！」

お母さんが気の毒そうな顔で言う。

「……あんた。よくわかんないけど、ちょっと落ち着いたら？」

「アタシは落ち着いてまーす。ベリーベリークール」

「そ、そう。まあ、ほどほどにやんなさい」

お母さんがいなくなって、アタシはむふーっと鼻を鳴らした。

さーて。そうと決まれば、ばっちり計画を練らなきゃね☆

♣♣♣

午後4時。

洋菓子店《ようがしてん》のヘルプが終わった。

俺は急いで、日葵《ひまり》との待ち合わせ場所まで自転車を飛ばした。

寂《さび》れた田舎町《いなかまち》の商店街の、寂《さび》れてるなりに目一杯《めいっぱい》のイルミネーションを飾《かざ》った交差点。そのベンチで、世界一の美少女が手持《ても》ち無沙汰《ぶさた》に待っていた。

「日葵《ひまり》、今日はごめん！」

「んーん。お仕事、お疲《つか》れ様《さま》♪」

缶《かん》のホットココアを渡《わた》される。

もこもこニットのセーターと、ミニスカートに厚底のブーツ。全体的に薄着《うすぎ》で決めたド根《こん》性《じょう》スタイルだ。肩《かた》に掛《か》けた小さなショルダーバッグが可愛《かわい》らしい。

うーん。これは間違《まちが》いなく冬の妖精《ようせい》。旅の途中《とちゅう》で出会ったら幸運を授《さず》けてくれる系の存在にしか許されない可愛《かわい》さだ。

冬のカノジョの可愛《かわい》さにじーんとしていると、日葵《ひまり》が使い捨てカイロをシャカシャカしながら言った。

「悠宇《ゆう》。バイト、大丈夫《だいじょうぶ》だった？」

「あ、それは何とか。日葵《ひまり》のおかげだよ」

「んーん。アタシは何もしてないよ」

優《やさ》しい。さすが日葵《ひまり》、こういうときはちゃんとわかってくれる。

……なんか優《やさ》しすぎて違和感《いわかん》があるけど、まあ、日葵《ひまり》だって別に鬼《おに》じゃないよな。問題はカノジョに気を使わせている俺だ。

ここはしっかりサービスして名誉挽回したいところ！

「日葵《ひまり》、どこか行きたいところある？」

「あれ？　まさかのノープラン？」

「いや、映画とか展望台とか色々と考えてたんだけど、もうこの時間だし……」

「あー、まあね」

展望台からの夜景も綺麗《きれい》かもって思ったんだけど、ぶっちゃけ寒すぎだし。山の上とか絶対に風が強そう……。

日葵《ひまり》は苦笑《くしょう》した。

「じゃ、悠宇《ゆう》の家に行こ？」

「それでいいの？」

「まあ、いざとなったらデートはいつでもできますし？　映画でも借りて、二人きりでまったりラブラブと洒落込《しゃれこ》もうぜー」

「俺はいいけど」

「それにクリスマスの夜は、先生が見回ってる可能性あるしさー」

「あ、終業式のときに言ってたな……」

先生に見つかって呼び出しとか喰《く》らったら本末転倒《ほんまつてんとう》だ。

……まあ、その教師の統括《とうかつ》たる笹木《ささき》先生はデートの真っ最中なんだが。

「ほら、悠宇《ゆう》。遅《おく》れた分、しっかりサービスしてね♪」

「あ、ああ。もちろん」

日葵《ひまり》と手を繋《つな》いで、俺たちは家に向かった。

うちの家には、伝統的にクリスマス文化がない。そりゃ子どもの頃《ころ》にサンタさんイベントはあったけど、基本的にはコンビニが忙《いそが》しいからだ。

そんな理由で、うちには誰《だれ》もいない。

道路を挟《はさ》んだ向こうのコンビニは、仕事帰りのサラリーマンや家に帰るカップルたちで賑《にぎ》わっていた。

俺たちも夕飯とお菓子《かし》を買いにきたんだけど……。

レジ番をしている咲姉《さくねえ》さんが、こめかみに青筋を立てていた。

「……愚弟《ぐてい》。このクソ忙《いそが》しいときにデートを見せつけにくるなんていい度胸ね？」

「いや、これでもさっきまで榎本《えのもと》さん家《ち》で働いてたから勘弁《かんべん》して……」

やっぱり判断ミスったかあ……。

俺が嘆《なげ》いていると、隣《となり》の日葵《ひまり》がウルウルと瞳《ひとみ》を潤《うる》ませた。

「咲良《さくら》さん、ごめんなさい。でも悠宇《ゆう》を責めないであげてほしーな？」

「もう、日葵《ひまり》ちゃんがそう言うならしょうがないわね。おまけで揚《あ》げたてのチキン入れておくから、後で食べなさい」

「わーい、咲良《さくら》さんありがとーっ♪」

うちの姉が美少女に甘すぎるんだが？

てか、その一緒《いっしょ》に入れてる明らかに賞味期限ヤバそうなチキン、もしかして俺がさっき注文したやつじゃないよな？

とにかく食料をゲットした俺たちは、家のほうに向かった。

そしてしばらく、リビングで過ごしていた。

日葵《ひまり》が持ってきたお洒落《しゃれ》なアロマキャンドルを灯《とも》しながら、俺は二日連続で『ホーム・アローン』を観《み》る。……いや、アロマのいい匂《にお》いするし、マジでムードやばいな。これがモテ女の本気のクリスマスか……。

さて、そろそろ頃合《ころあ》いかな。

丁度いいタイミングで、俺は立ち上がった。

冷蔵庫から、例のクリスマスケーキの箱を取り出した。今日は渡《わた》せないかもしれないと思っていたから、お家《うち》デートになってよかった。

それをテーブルに置きながら、日葵《ひまり》に説明した。

「あのさ、日葵《ひまり》。今年のクリスマスプレゼント……何がいいか迷ったんだけど、これにしたんだ」

「え？　ケーキ？」

「うん。いつも誕生日プレゼントはアクセだったからさ。せっかく恋人《こいびと》として初めてのクリスマスだし、榎本《えのもと》さん家《ち》のバイトで学んだことを活《い》かして変化つけたいなって」

「…………」

箱を開けて見せた。

紅葉《もみじ》絨毯《じゆうたん》を表現したエディブルフラワーのケーキ。日葵《ひまり》なら、これがあの紅葉狩《もみじが》りの思い出を表現したものだって気づくはずだ。

「…………」

「ど、どうだ？」

日葵《ひまり》は少し驚《おどろ》いた様子で見ていたけど、やがてにこっと微笑《ほほえ》みかけてくれる。

「うん。よくできてると思う。びっくりしちゃった。やっぱ悠《ゆう》宇、すごい器用だよなー？」

「お、おう。そうだろ？」

……あれ？

いや、気に入ってくれたのは嬉《うれ》しいんだけど、ちょっと普通《ふつう》っていうか。日葵《ひまり》だったら、もっと大げさにリアクションくれるかと思ってた。

もしかして気に入らなかった？

薄《うす》ら寒《さむ》い感覚が背中を撫《な》でる。

か、考えすぎかな？　今日はデート台無しにしちゃったし、ちょっと気分が乗らなかったのかもしれない……。

さっそく二人で、ケーキを切り分けて食べてみた。

榎本《えのもと》さん家の洋菓子店《ようがしてん》の材料を使ってるので、味は折り紙付きだ。……でも何というか、さっき感じた違和感《いわかん》のせいで味がよくわからん。日葵《ひまり》も普通《ふつう》にテレビ見ながら食べてるし。

……こういうこと聞くの、空気読めないやつっぽいかもしれないけど。

「あのさ、日葵《ひまり》。もしかして、あんまり気に入らなかった……？」

「え？　なんで？　美味《おい》しいよ？」

あっれー？

普通《ふつう》に聞き返されてしまった。これ、どういうテンションなのかなー？？？

そういえば、俺って恋人《こいびと》とのクリスマスとか初めてすぎてノウハウがよくわからん。リア充《じゆう》たちはクリスマスだからって必要以上にはっちゃけないのか？　それともやっぱり、どっかで何かミスっちゃいましたかね……？

とか一人でのたうち回りたい気分になっていると、ふと日葵《ひまり》が言った。

「あ、悠宇《ゆう》。アタシもプレゼントあるよ♪」

「ええ、マジで？　てっきりこのアロマキャンドルかと思ってた」

「んふふー。最初はそのつもりだったんだけど、他にいいもの思いついちゃってさー」

「うわあ、めっちゃ楽しみ」

ホッと安心した。

とりあえず日葵《ひまり》も機嫌《きげん》が悪いわけじゃないみたいだ。はあー、もうさっきから心臓がバクバクしっぱなしじゃん。恋人《こいびと》とのクリスマスって、常に銃口《じゅうこう》を向けられてるような緊張感《きんちょうかん》があるんだな。できればもう二度とやりたくないまである。

「ん……？」

すると日葵《ひまり》が、ショルダーバッグから謎《なぞ》の赤いリボンの束を取り出した。

しかし他には何もない。やけにでかいし何だろうと思っていると、なぜかそれを自分の身体《からだ》に巻き始める。

腰《こし》のあたりできゅっと綺麗《きれい》に結ぶと、上目遣《うわめづか》いで可愛《かわい》く言った。

「世界一可愛《かわい》いカノジョと……誰《だれ》にも言えないこと、しよ？」

「………………」

ぐはあ……っ！

思わず喀血《かっけつ》しそうになるのを、俺は堪《こら》えた。

それってつまり、そういう意味？　いや、それ以外になくね？　うわちょっと待ってそういう不意打ちはダメだって言ってんじゃん！

一気に熱くなる顔を隠《かく》しながら、俺は完全にテンパっていた。

「いや、それはなんというか……いやいや、別に嫌《いや》ってわけじゃなくて……てか日葵《ひまり》、そういうキャラだっけ？　……あ、そういうキャラだわ。でも、さすがに今日は、いつ咲姉《さくねえ》さんが戻《もと》ってくるかわかんないし……」

一人で完全に「わあーっ！」ってなってると、ふと異変に気づく。

日葵《ひまり》が肩をぷるぷる震《ふる》わせながら、必死に口元を押さえていた。

……あ、これはアレっすね。かなり久々な既視感《きしかん》。てか、マジでズルくない？　このタイミングでそれはないでしょ……。

俺がすっと冷めた瞬間《しゅんかん》、予想通りの爆笑《ばくしょう》が響《ひび》いた。

「ぷっはーッ！　悠宇《ゆう》、大外れでーす！」

「…………」

きっつー。

あー、でも何？　この妙《みょう》に懐《なつ》かしい感じ。ちょっと嬉《うれ》しいかも……いやいや、俺がマゾってわけじゃなくてね？　例えばお笑いの道に進むって旅立った昔の友人をテレビで見て「あいつ相変わらずバカやってんなー」って感じ？　そんな友だちいないんだけどさ……。

自分に必死で言い訳をしていると、日葵《ひまり》が楽しそうに頬《ほお》を突《つつ》いてくる。

「んふふー。悠宇《ゆう》ってば、ほんとむっつりさんだよねー？　何を期待しちゃったのかなー？」

「あの、日葵《ひまり》さん？　どゆこと？」

俺がドン引きしていると、日葵《ひまり》はクラッカーをパーンッと鳴らした。

「プレゼントは──日葵《ひまり》ちゃんの〝you〟完全復帰でーす！」

「……え？」

その言葉は、ちょっと予想外だった。

俺が意味を測りかねていると、日葵《ひまり》はどや顔で説明する。

「ほら、今回のクリスマスで証明されたじゃん？　えのっちだけじゃ、悠宇《ゆう》の夢のサポートを完璧《かんぺき》にこなすのは難しいよね。だってえのっちは自分の家のお手伝いもあるし、悠宇《ゆう》だけに構ってられないじゃん？　となると、やっぱりアタシって存在が必要なわけじゃん？　アタシの恋《こい》を侵害《しんがい》しちゃった以上は、しっかりと認めてもらわないと──」

ぺらぺらと独自理論を展開している。

それを聞きながら……俺はよくわからない気持ち悪さに襲《おそ》われていた。

同時に、さっきから日葵《ひまり》に感じてた違和感《いわかん》も、ぼんやりと輪郭《りんかく》を持ってきた気がする。

つまり日葵《ひまり》は、ずっとこれが言いたくてウズウズしてたってことか？　だからデートが遅《おく》れても平気だったし、俺のプレゼントにも上の空だった、と。

それは正直言って、なんていうか……すごく不快だった。

「いや、日葵《ひまり》。それは……どうなんだ？」

「え？　ダメなの？　なんで？」

「だって、日葵《ひまり》が自分で抜《ぬ》けるって言ったんだろ？　それに今回の榎本《えのもと》さんのことは、別に責めるようなことじゃ……」

日葵《ひまり》が不思議そうに、俺に身体《からだ》を近づける。膝《ひざ》にのせられた日葵《ひまり》の手が、なんだか知らない人のもののように思えてしまった。

「だって、こうしてアタシと悠宇《ゆう》の恋人《こいびと》のクリスマスは減っちゃったよね？　悠宇《ゆう》は仕事にかまけて、家庭を大事にしない人じゃないよね？」

「そりゃ当然、そのつもりだけど……」

それは間違《まちが》いないんだけど。

日葵《ひまり》の言うことに、間違《まちが》いはないんだけどさ。


でも、本当にそれでいいのか？


確かにルールとしては、それが正しいかもしれない。

事前に聞かされてた内容としては、日葵《ひまり》の言うことは正しいよ。

でも、この日葵《ひまり》の理論を認めてしまえば、後で傷つくことになるのは俺じゃない。まるで榎《えの》本《もと》さんを責めるような形になっても認めていいのか？

日葵《ひまり》は恋人《こいびと》だ。

世界で一番大切な俺の恋人《こいびと》だ。


でも人として、そんな理論を認めていいはずもない。

『ただ相手を甘やかすだけが、本当の愛情じゃない。わかるね？』


脳裏《のうり》を過《よぎ》ったのは、雲雀《ひばり》さんとの約束だった。

先日の紅葉《もみじ》狩《が》りのときに、俺は日葵《ひまり》と恋人《こいびと》として生きていくことを宣言した。だから雲雀《ひばり》さんは、俺に日葵《ひまり》を託《たく》してくれた。

あのとき、俺は嬉《うれ》しかった。

いつも迷惑《めいわく》をかけ通しだったあの人に、やっと少しだけ認めてもらえたのだと感じた。庇護《ひご》する対象ではなく、自分で歩いて行ける人間だと伝えてもらえたのだ。

俺は日葵《ひまり》の恋人《こいびと》であって、イエスマンじゃない。

日葵《ひまり》が暴走したとき、止めるのは俺の役割だ。

日葵《ひまり》にふさわしい恋人《こいびと》になると誓《ちか》った。

その気持ちに嘘《うそ》はない。

でもきっと、ここで日葵《ひまり》の意見を受け入れるのは……人生のパートナーとして失格だと思った。

日葵《ひまり》のために、俺は何をするべきだ？

俺は日葵《ひまり》を前にして、必死で考えた。

俺たちは箱庭の外の世界で生きると決めた。

それなのに、いつまで経《た》っても前に進めた気がしないのは何でだろう？

あと必要なものは何だ？

（……そうだ。考えれば、簡単なことだった）

あと必要なのは——きっとこの箱庭を捨てる覚悟《かくご》なのだ。

荷物が重すぎては、前には進めない。

いつまで経《た》っても、俺たちは箱庭から抜《ぬ》け出《だ》せない。

女々《めめ》しくも思い出すのは、あの中学の文化祭。

帰りに寄ったモスバーガーで、日葵《ひまり》は悪戯《いたずら》っぽく言っていた。

『その情熱の瞳《ひとみ》をアタシだけに見せて？　独占《ひとりじめ》させて？　そしたら、アタシはきみのアクセをいくらでも売ってあげる。――そういう運命共同体《しんゆう》になろ？』

ありがとう。

すごく嬉《うれ》しかった。

あのとき、俺のことを見つけてくれて、本当に泣きそうなくらい幸せだった。

あの箱庭の思い出は、俺にとって間違《まちが》いなく人生の宝物だ。

でも、その『特等席』が日葵《ひまり》を腐《くさ》らせていたのだとしたら――それは俺の罪だ。

俺が日葵《ひまり》に、甘え切っていたツケが回ってきたんだ。

だから、俺が言わなきゃいけない。

パートナーをちゃんと正しく導き合うのが、俺たちが夢見た運命共同体《しんゆう》のはずだ。

日葵《ひまり》の両肩《りょうかた》を、ゆっくりと掴《つか》んだ。

喉《のど》がカラカラで、嚙《か》んだ唇《くちびる》が痛くて、死ぬほど胸が苦しかった。

言いたくない。

忘れてしまいたい。

自分がアホなことを言おうとしてるのがわかる。

普通《ふつう》の恋《こい》を受け入れて、面白《おもしろ》おかしく生きていけばいいじゃないかって声が聞こえる。

でも、それで幸せになれるなら——最初からこんな生きづらい人生を選んじゃいないんだ。

「俺はこれからも、日葵《ひまり》のためにアクセを作る。それは恋人《こいびと》になっても変わらない」

日葵《ひまり》がパッと顔を明るくした。

ああ可愛《かわい》い。マジでこいつ顔がいいなくそ。

揺《ゆ》らぎそうになる決意を、ぐっと支えるように腹に力を込《こ》める。

「じゃあ――」

と日葵《ひまり》が言いかけた言葉を、大きな声で遮《さえぎ》った。

「でも、それは日葵と一緒じゃなくてもいい」

日葵《ひまり》の顔は見れなかった。

ただ、摑《つか》んだ肩《かた》が、びくりと震《ふる》えた。

「榎本《えのもと》さんに自分の店の負担があるなら、その分、俺が強くなるべきだ。俺が目指したクリエイターは、パートナーの手を借りなくても立っていける存在だ」

「俺は――俺たちの夢を、仲よしごっこで終わらせたくはない」

言った。

声はかすれて、ひどく震《ふる》えていたけど……俺の嘘《うそ》のない気持ちを、すべて伝えた。

日葵《ひまり》は……呆然《ぼうぜん》としていた。

それもそうだ。

これまで、俺が日葵《ひまり》の言葉を否定することはなかったから。

思《おも》い描《えが》いた理想と、現実との相違《そうい》が受け入れ難《がた》いというように、ぽつりと聞き返した。

「…………え？」

その言葉と一緒《いっしょ》に、ぽろっと涙《なみだ》がこぼれた。

「悠宇《ゆう》？　なんで、そんなこと言うの？」

「俺は、日葵《ひまり》の言うことが正しいように思えなかった」

「アタシのこと、嫌《きら》いになっちゃったの？」

「大好きだよ。世界で一番」

「じゃあ……」

再び、その言葉を遮《さえぎ》った。

「好きだから、そんな日葵《ひまり》を見たくない」

「……っ！」

美少女は涙《なみだ》も綺麗《きれい》だなとか、そんな馬鹿なことを思った。

自分が引き返せないところに踏《ふ》み出《だ》したのを実感させられる。

だからこそ、もう前に進むしかないんだ。

俺だけじゃなくて、日葵《ひまり》も一緒《いっしょ》に連れていくために。

——と、思っていたんだけど。

「……これまで、アタシがいたからどうにかなったんじゃん」

「え……？」

日葵《ひまり》が発した言葉は、俺が予想していないものだった。

キッと俺を睨《にら》むと、その場で立ち上がる。テーブルに手をついた拍子《ひょうし》に、俺の作ったケーキをぐしゃりと潰《つぶ》した。

「悠宇《ゆう》は、アタシがいなきゃ、何もできなかったじゃん！　中学の文化祭も、これまでの販売《はんばい》も、アタシがいたから、これまで悠宇《ゆう》はクリエイターやってこられたんじゃん！」

「悠宇《ゆう》は、アタシに一生かけても返せない借りがあるじゃん！　それなのに、なんでアタシの言うこと聞いてくれないの⁉　悠宇《ゆう》は何があっても、アタシのこと一番に考えなきゃいけないはずじゃん！」

「四月にアタシが東京に行くって言ったときも、悠宇《ゆう》が引き留めたんじゃん！　悠宇《ゆう》がいなきゃ、アタシはもっとすごいことができたかもしれない！　それを捨てたんだよ⁉　アタシの人生、悠宇《ゆう》にあげたのに、なんで悠宇《ゆう》はアタシにくれないの⁉　そんなの不公平じゃん！」

「……悠宇《ゆう》みたいな一人じゃ何も成《な》し遂《と》げらんないくせに口だけ達者なお花バカ、あのまま一生、枯《か》れてたほうがよかったよ‼」

日葵《ひまり》は思いのたけを吐《は》き出《だ》すと、荒《あら》い呼吸を繰《く》り返《かえ》していた。

俺はその姿を、ただ呆然《ぼうぜん》と見つめていた。

「…………」

俺は本当に、自分が甘ちゃんだと思い知らされた。

何でも他人任《ひとまか》せでやってきた癖《くせ》が、土壇場《どたんば》でも抜《ぬ》けない未熟者。

心のどこかで「何だかんだうまくいくはず」「日葵《ひまり》ならわかってくれる」と思い込んでいた

のだ。

……わかってる。

きっと本心じゃないんだ。

日葵《ひまり》も混乱してて、初めてのことに戸惑《とまど》って、つい心無いことを言ってしまったんだってわかってる。

この三年間、ずっと日葵《ひまり》を見てきた。

日葵《ひまり》のことを、俺は世界で一番わかってるつもりだ。

それでも俺の人生の宝物をぽっきり折るには、その言葉は十分すぎた。

そうか……。

結局、俺たちは——一緒《いっしょ》に夢を追うことすらできないほどに、最初からバランスが悪かったのか。

そう思うと、つい弱気な言葉が漏《も》れていた。

「……そうだよな。俺は日葵《ひまり》がいなきゃ、何もできないやつだった。それが調子に乗って説教かますとか笑っちゃうよな。おかげで目が覚めたよ。自分の本来の姿が、よくわかった」

俺の言葉に、日葵《ひまり》がハッとした。

我に返ったように、慌《あわ》てて撤回しようとする。

「ゆ、悠宇《ゆう》。今のはちが……」

「いや、いいよ。全部、日葵《ひまり》が正しい。……思えば、いつもそうだったな」

「確かに日葵《ひまり》みたいな才能あるやつが、俺みたいな凡人《ぼんじん》のために人生を無駄《むだ》にしてるのはおかしい。俺が日葵《ひまり》に並び立つなんて無茶な理想掲《かか》げるより、そっちのほうがよほど正しいよ」

「……だから返すよ。日葵《ひまり》にもらったもの、日葵《ひまり》が失ったもの、全部返す。俺の人生かけて、ひとつ残らず返すから」

「何年かかるかわかんないし、どんな方法でやればいいのかわかんない。でも絶対に返す。だから、これからは好きに生きてくれ。俺のことなんて、もう気にしなくていい。その優しさは、別の人に使ってやってくれ」

綺麗《きれい》なマリンブルーの瞳《ひとみ》が、すごく好きだった。

その瞳《ひとみ》に映してもらえる『特等席』に、少しだけ後《うし》ろ髪《がみ》を引かれながら……。

「返し終わったら——俺たちは他人に戻《もど》ろう」

……捨てた。

俺の決断は、大切な思い出ごと箱庭を焼き捨てた。

進むために。

間違《まちが》わないために。

これは必要なことだったんだと、必死に自分に言い聞かせた。

振《ふ》り返《かえ》っても、もう箱庭はない。

失ったんじゃない。

すべては自然な形に戻《もど》っただけ。

春に花が咲《さ》くように。
夏に葉が生《お》い茂《しげ》るように。
秋に色褪《いろあ》せ。
冬にすべてが枯《か》れるように。

これが本来の、俺たちの関係だから。

Epilogue
深い森

◇◇◇

「返し終わったら——俺たちは他人に戻《もど》ろう」

その言葉の意味がわからないほど、アタシはピュアではなかった。

悠宇《ゆう》みたいな朴念仁《ぼくねんじん》にしては、別れの言葉は少し洒落《しゃれ》てるなって思った。

世界で一番大事なものが離《はな》れていく喪失感《そうしつ》が、アタシを背中からぎゅっと抱《だ》きしめる。

まるで深い森に佇《たたず》むようだった。

視界は塞《ふさ》がれ。

行き先もわからず。

無力に助けを待つような心細さ。

『恋人《こいびと》なんだから、アタシのことが一番だよね？』

そんなわけない。

もしも恋《こい》だけを優先して生きていけるような二人なら、悠宇《ゆう》とアタシは、最初から繫《つな》がってはいなかった。

つまりアタシは、また間違《まちが》えたのだ。

初めての恋《こい》に浮《う》かれて、すべてを手に入れられるような気になっていた。

世界は、アタシのために用意されたものじゃないのに……。

ずっとわかっていたことを、アタシは再び思い知らされる。

ああ、ほんと。

……恋《こい》ってやつは害悪だ。

あとがき

笹《ささ》×新《あら》はだんじょる唯一《ゆいいつ》の癒《い》やし。流行《はや》れ……。

おっさんをいじめているときが一番楽しい。

七菜《ななな》は気づいてしまった。

この気持ちに嘘《うそ》はつけない。

たとえ世界を裏切ることになろうとも、七菜《ななな》は自分の『大好き』を貫《つらぬ》いてみせる！

次回からタイトルを『おれの高校の同級生が塩対応すぎるんだがどうすればいい？』に改訂してお送りいたします。社会人のピュアな恋愛《れんあい》模様を描《えが》く異色作……でもないか。最近は社会人主人公の作品も多いですからね。なら問題なし！

はい今回のウソでした！

期待したみんなにはごめんね‼

というわけで、七菜《ななな》です。

こんなんで終わらせたら引っ叩《ぱた》かれちゃいますね……。

それでは冬の物語を描《えが》くシーズン３もご期待ください。

果たして日葵《ひまり》ちゃんの運命は？　揺《ゆ》れ動《うご》く凛音《りおん》ちゃんの心の行方《ゆくえ》は？　七菜《なな》は新ヒロイン大量加入の（ちょっとエッチな）ハーレムエンドも諦《あきら》めていないぞ！


そして最後に大告知ですが……。

皆様《みなさま》の応援《おうえん》のおかげをもちまして『だんじょる？』のアニメ化が決定しております。

七菜《なな》も制作に関わらせていただきます。続報をお楽しみに！

★☆　スペシャルサンクス　★☆
イラスト担当のParum先生、担当編集K様・I様、制作関係者の皆様《みなさま》、販売《はんばい》に携《たずさ》わってくださいました皆様《みなさま》、その他、企画《きかく》に関わっていただきました皆様《みなさま》、今巻も大変お世話になりました。

また次巻も何卒《なにとぞ》よろしくお願いいたします。

読者の皆様《みなさま》も、まだまだ一筋縄ではいかない恋《こい》と友情の物語をよろしくお願いいたします。

２０２３年７月　七菜《なな》なな

次巻予告

でも、今だけは——
わたしが世界でこの人の〝一番〟だった。

初恋、親友、そして——

電撃文庫
男女の友情は成立する？
（いや、しないっ!!）
Flag 8.
七菜なな
イラスト／Parum
近日発売予定！

◉七菜なな著作リスト

「男女の友情は成立する？（いや、しないっ!!）
Flag 1. じゃあ、30になっても独身だったらアタシにしときなよ？」（電撃文庫）
「男女の友情は成立する？（いや、しないっ!!）
Flag 2. じゃあ、ほんとにアタシと付き合っちゃう？」（同）

「男女の友情は成立する？（いや、しないっ!!）
Flag 3. じゃあ、ずっとアタシだけ見てくれる？」（同）
「男女の友情は成立する？（いや、しないっ!!）
Flag 4. でも、わたしたち親友だよね？〈上〉」（同）
「男女の友情は成立する？（いや、しないっ!!）
Flag 4. でも、わたしたち親友だよね？〈下〉」（同）
「男女の友情は成立する？（いや、しないっ!!）
Flag 5. じゃあ、まだ30になってないけどアタシにしとこ？」（同）
「男女の友情は成立する？（いや、しないっ!!）
Flag 6. じゃあ、今のままのアタシじゃダメなの？」（同）
「男女の友情は成立する？（いや、しないっ!!）
Flag 7. でも、恋人なんだからアタシのことが1番だよね？」（同）
「少年、私の弟子になってよ。
～最弱無能な俺、聖剣学園で最強を目指す～」（同）
「少年、私の弟子になってよ。2
～最弱無能な俺、聖剣学園で最強を目指す～」（同）
「四畳半開拓日記01～04」（単行本　電撃の新文芸）

本書に対するご意見、ご感想をお寄せください。

ファンレターあて先
〒 102-8177　東京都千代田区富士見 2-13-3
電撃文庫編集部
「七菜なな先生」係
「Parum 先生」係

本書は書き下ろしです。

電撃文庫

男女《だんじょ》の友情《ゆうじょう》は成立《せいりつ》する？（いや、しないっ!!）

Flag 7. でも、恋人《こいびと》なんだからアタシのことが1番《ばん》だよね？

七菜《なな》な《な》な

2023年８月10日　初版発行

発行者　山下直久
発行　株式会社KADOKAWA
〒102-8177　東京都千代田区富士見2-13-3
0570-002-301（ナビダイヤル）
装丁者　荻窪裕司（META＋MANIERA）
印刷　株式会社暁印刷
製本　株式会社暁印刷

●お問い合わせ
https://www.kadokawa.co.jp/（「お問い合わせ」へお進みください）
※内容によっては、お答えできない場合があります。
※サポートは日本国内のみとさせていただきます。
※ Japanese text only

※定価はカバーに表示してあります。

ISBN978-4-04-914868-8　C0193　Printed in Japan

電撃文庫　https://dengekibunko.jp/